KB032844

무공을 배우자
목마 퓨전 판타지 장편소설
WISHBOOKS FUSION FANTASY STORY

목마 퓨전 판타지 장편소설

초판 1쇄 찍은 날 | 2019년 8월 14일
초판 1쇄 펴낸 날 | 2019년 8월 22일

지은이 | 목마
펴낸이 | 예경원

기획 | 위시북스
편집책임 | 이규재
편집 | 위시북스

펴낸곳 | 예원북스
등록번호 | 제396-2012-000132호
등록일자 | 2012. 7. 25
KFN | 제1-451호

주소 | 경기도 고양시 일산동구 호수로 646-24 위너스21II빌딩 206A호 (우)10401
전화 | 031-819-9431 팩스 | 031-817-9432
E-mail | yewonbooks@naver.com

ISBN 979-11-365-0059-5 04810
979-11-6424-342-6 (set)

※ 이 도서의 국립중앙도서관 출판시도서목록(CIP)은 서지정보유통지원시스템 홈페이지(http://seoji.go.kr)와 국가자료공동목록시스템(http://www.nl.go.kr/kolisnet)에서 이용하실 수 있습니다.

Wish Books

무공을 배우자

4

목마 퓨전 판타지 장편소설

WISHBOOKS FUSION FANTASY STORY

무공을 배우다

CONTENTS

1장
언제였지?

언제였지?

"이거 깨지긴 해요?"

파천신화공이 사성이었을 적. 그래, 그러니까…… 아직 도원경에 있었을 때다. 낮과 밤이 구분되지 않는 회색 하늘 아래, 널찍한 정원이 딸린 저택에서 스승과 단둘이 살았을 때, 오성의 벽이 도저히 깨지지 않아 백현은 주한오에게 그렇게 물었던 적이 있었다.

"깨지지 않는 것을 본좌가 왜 익히라 시키겠느냐?"

"에이, 그래도 이건 좀 너무하잖아요."

백현은 입술을 삐죽 내밀며 투덜거렸다.

도원경에서 산 지 벌써 20년이 다 되어가고 있었고, 그건 백현도 어느 정도 자각하고 있었다. 그런 자각도 있으니, 육체의 나이는 거의 변하지 않아도 정신연령은 성숙해지는 것이 당연하다. 하지만 백현은 자신이 딱히 정신적으로 성숙해졌다고 생각하지 않았고, 실제로도 그랬다.

그는 여전히 20대 초반의 청년이었다.

그건 어쩔 수 없는 일이기도 했다. 정신연령이라는 것은 단순히 시간이 지난다고 해서 오르는 것이 아니다. 시간에 걸맞은 사건과 경험을 통해야 오른다.

변하지 않을 만도 했다. 백현이 도원경에서 보낸 20년은 대부분이 무공 수행이었다. 대화 상대인 스승 주한오는 백현을 늘 어린아이 취급했으며, 그를 제외하고 가장 많이 대화를 나눈 사라도 백현과 별반 다를 것이 없었다. 오히려 사라는 설화봉 유운려에게 지극정성으로 보살핌을 받고 있어서, 백현보다도 정신연령이 어렸다.

"벌써 몇 년 동안 이러고 있는데, 아직도 벽이 깨지지 않는 걸요."

"그걸 두고 본좌가 네 재능이 부족하다고 말하기도 우스운 노릇 아니냐."

주한오가 피식 웃으며 말했다.

그건 실로 우스운 말이었다. 주한오 본인이 생각하기에, 자신은 그리 훌륭한 스승이 아니었다. 제자를 거두어 가르친 경험도 없는 데다, 주한오 본인이 무공을 수행하면서 딱히 벽이라는 것에 긴 시간 막혀본 적이 없었다. 커다란 실패를 겪은 적도 없다.

그런 경험이 있다면, 자신의 경험을 통해 더욱 그럴듯한 조언을 해줄 수 있겠지만, 주한오에게는 그런 것이 없었다. 기본적인 지도는 가능하나 심득을 전수하거나 자신의 경험에 기인한 조언을 하는 것은 무리였다. 그 훌륭하지 못한 스승의 아래에서. 백현은 저만큼이나 강해졌다.

주한오가 한 것은 무공을 배우기 위한 최소한의 교육뿐이었다. 기혈에 대해 가르쳤고 내공과 외공을 비롯한 전반적인 무공 이론들. 그 뒤에는 평생토록 익혀야 할 파천신화공을 전수했다.

나머지는 모조리 백현이 이루어냈다. 주한오가 한 일은, 자신의 기억 속에서…… 적당한 상대를 떠올려 도원경의 신비를 통해 구현해 내는 것뿐. 그 막무가내의 무식한 수행을 통해, 저 정도의 말도 안 되는 성취를 이룩해 낸 제자를 향해 재능이 부족하다고 말하는 것은 어불성설이다.

"차라리 상대가 있으면 편할 것 같은데요."

백현은 그렇게 말하면서 어깨를 주물렀다.

벌써 몇 날 며칠 동안 가부좌를 틀고 명상만 했다. 지금까지의 싸움을 모조리 돌아보았고, 거기서 느끼고 기억했던 것들을 다시금 새겼다. 제법 즐겁고 유익하기는 했지만, 벽을 깨부수는 것에 별 도움이 되지는 않았다.

"나보다 훨씬 강한 상대와 싸우다 보면 어떻게든 되지 않을까요?"

"별 도움이 안 될 게다."

이미 몇 번이나 청했던 것이지만, 이번에도 주한오는 고개를 가로저었다.

"마혼의 본좌는 지금의 너로도 싸울 수 있었다. 하지만 그 이후는 너라 해도 도저히 상대되지 않아."

"그건 싸워봐야 아는 거죠. 여태까지 강자와 싸우지 않았던 것도 아니고."

"경우가 다르다. 여태까지 네가 싸웠던 상대는, 네가 하기 따라서 승산을 키워갈 수 있었다. 하지만 이번에는 아니야."

"의념 때문에요?"

백현은 쩝- 하고 입맛을 다시며 물었고, 주한오가 천천히 고개를 끄덕거렸다.

"본좌가 의념을 무공에 접목하기 시작한 것이 마혼부터였다. 의념으로 형(形)을 갖춘 심검을 시작으로 해서 기공과 체술에 접목하였지."

"저도 쓰고 있기는 한데, 이해가 잘되지 않아요. 마음이라는 것은 결국 존재하지 않는 것이잖아요."

"기(氣) 또한 존재함에도 존재하지 않는다고 여겨지는 것 아니냐. 무공을 이루는 세 가지……."

"심, 기, 체."

"그래. 가장 먼저 몸으로 행하고, 기를 이해하고, 마음으로 느끼는 것이다. 그 세 가지가 완전히 조화를 이루었을 때."

주한오가 손을 들어 관자놀이를 가볍게 두드렸다.

"상단전이 열리며 의념지기를 다룰 수 있게 되는 것이다. 너는 이제 막 의념지기에 입문하였으니, 의념지기를 능숙하게 다루는 마흔 이후의 본좌와는 상대가 안 돼. 본좌가 살았던 무림에서 그 세계에 입문한 이는 본좌뿐이었다."

"또 자기 자랑하신다."

"자랑이 아니라 현실이 그랬던 것뿐이다. 그 후로 긴 시간을 무림에서 살았으나, 적수도 없으니 선계(仙界)로 가는 것이고."

"그래도 한번 싸워보고 싶은데요."

"당장 너는 네 벽을 실감하고 있지 않으냐?"

백현이 포기하지 않고 한 번 더 조르자, 주한오가 쯧쯧 혀를 차며 그렇게 말했다.

"너 자신이 절감하고 있는 한계조차 부수지 못하고 있으면서, 그 훨씬 너머의 세계를 보고자 하는 것은 과욕이다. 그런 과욕은 몸을 망치게 마련이야."

"오랜만에 스승님답게 말씀하시네요."

"본좌는 언제나 네 스승이었지."

주한오는 그렇게 말하고서 백현의 앞에 털썩 앉았다.

"이유는 그것만이 아니다. 현아. 네가 그 벽을 부순다면…… 너는 틀림없이 파천신화공의 오성을 이룰 수 있을 게야."

"그렇겠죠."

"애당초 여휘와의 약속은…… 거두어들인 제자의 무공이 오성이 될 때까지였다. 네가 오성이 된다면 너는 왔던 곳으로 돌아가야 하고, 본좌는 선계로 떠나야 한다."

"벌써부터 그런 얘기를 하기엔 너무 이르지 않아요?"

백현은 볼멘소리로 투덜거렸다.

그런 사실은 백현도 잘 알고 있었다. 잘 알고 있기에 외면하고 싶었다. 언젠가 당연히 찾아올 이별이겠지만, 지금의 백현은 이런 일상이 너무나도 좋았다.

"……네 세계로 돌아간다면, 도원경과 많이 다를 것이다. 그곳에는 너와 싸울 상대도 없을 것이고, 네게 조언을 해줄 스승도 없겠지."

"그렇겠죠."

재미없는 세상일 것이다. 그래서 더 돌아가고 싶지 않았다. 무공의 재미를 몰랐던 예전에도 세상을 재미있다고 생각한 적은 별로 없었다. 그 당시의 백현에게 있어서, 세상은 빌어먹게도 살기 팍팍한 곳이었다.

하지만 지금은 아니었다. 무공의 재미를 알게 된 이상, 이것을 충분히 즐기지 못하는 삶은 상상할 수가 없었다.

"현이 너는…… 그런 세상으로 돌아가 계속해서 파천신화공을 수행해야 한다."

잔인한 일이다.

그건 백현뿐만이 아니라, 주한오도 느끼고 있었다.

살아생전 처음으로 거둔 제자. 무림에서 찾지 못해 이무기와의 계약을 통해 다른 세상에서 불러 거둔 제자는, 주한오가 무림에서 보았던 그 누구보다 무(武)에 미쳐 있는 괴물이었다. 주한오도 똑같은 천무성을 타고났으나, 백현과 같은 무광(武狂)을 갖지는 못했다.

"그곳에서는 너를 자극할 만한 일도 없을 것이다. 도원경에서처럼 너를 고전시킬 상대도 없겠지. 너는 스스로 명상하고 고민하고, 수행하면서 파천신화공의 성취를 높여야 할 것이다."

"그러니 지금이라도 더……."

"그것이 오히려 독이 될 게야."

주한오가 씁쓸한 표정을 지으며 고개를 저었다.

"현이 너는, 현실에 돌아간 뒤에…… 과거의 기억만으로 만족할 수 있겠느냐?"

그 말에 백현의 말문이 막혔다.

"본좌가 여태까지 느껴온 너는 절대로 만족할 수 없을 것이다. 오히려 더 갈망하겠지. 현이 너는…… 과거의 기억을 떠올리면서 미쳐가게 될 것이다."

그건 스승의 입에서 나오기에 어울리지 않는 저주였다. 하지만 백현은 뭐라 반박하지 않았다. 백현이 생각하기에도 틀린 말은 아니었기 때문이다. 지금 주한오는 주화입마의 가능성에 대해 말하고 있었다. 만약 현실로 돌아가, 주화입마에 빠져서…… 정신이 회까닥 돌아버린다면.

'끔찍하군.'

백현은 표정을 구기며 몸서리쳤다. 만약 그렇게 된다면 대재앙이 일어날 것이다. 도대체 몇 명이나 죽게 될지 상상도 잘 되지 않았다. 군대가 나를 막을 수 있기는 할까?

백현은 잠시, 제법 진지하게 그것을 생각해 보았다. 전투기나 탱크, 잠수함, 미사일……. 빈약한 상상력을 총동원해 현대의 군대와 맞서 싸우는 자기 자신을 상상해 보았다. 할리우드 영화에서 보았던 장면들을 대입해, 강력한 미군과 자신이 맞서 싸우는 것을 상상하고서.

'이것도 재미있겠는데?'

백현은 더 이상 생각하는 것을 그만두었다. 너무 깊이 생각하다가는, 나중에 정말로 저 미친 짓을 벌일지도 모른다는 생각이 들었기 때문이었다.

"그러니까 아예 모르는 것이 낫다는 거예요?"

"이런 것에 익숙해지는 것이 낫다는 것이다. 현아. 네가 맞닥뜨린 벽은, 어쩌면 그리 대단하지 않은 것일 수도 있단다. 너 자신이 마음에 두고 외면하고 있는 모순과 미혹이 네 발목을 잡고 있는 것일지도 몰라."

"이 벽을 부순 다음에는 어떡해요? 그때는 정말로 스승님도 없고, 도원경에서도 나가게 되는데요. 싸울 상대도 없고."

"그러니 익숙해져야 한다는 것이다. 잊지 말거라, 현아. 네가 만나게 될 벽은, 너 자신의 한계일 뿐이다. 너는 맞닥뜨린 한계를 두고서 주저앉기만 할 테냐?"

"아뇨, 부숴 버려야죠."

백현은 웃으며 그렇게 대답했다.

모든 것이 멀게 보였다. 제법 오랜만에 본 스승의 모습도, 20년을 살았던 저택도, 도원경의 회색 하늘도, 마주 앉으며 웃고 있는 '나' 자신의 모습도.

그 시절의 꿈을 꾼 것은 오랜만이었다. 꿈에서 깨어났지만, 백현은 한동안 감은 눈을 뜨지 않았다. 기왕이면 한 번 더 잠들어 꿈의 다음을 보고 싶었다.

아니, 꼭 다음이 아니더라도. 오랜만에 스승의 모습을 보니 참 좋아서, 저 시절의 기억을 다시 한번 보고 싶었다.

'잘 지내고 계실까.'

잘 지내시겠지.

솔직히 죽어도 이상하지 않다고 생각했다. '파천'은 백현이 만들기는 했지만, 완전히 펼칠 수 없는 무공이었다. 그것을 그런 몸 상태로 사용한 데다가, 주변 상황도 개판이었다. 실제로 백현은 파천을 사용하고 나서 의식을 잃어버렸다.

'설마 죽어서 천국에 온 것은 아니겠지?'

천국에 갈 수 있다는 확신은 없다. 군주라는 '신'을 모시는 이들은 죽은 뒤에 그들이 다스리는 천국으로 갈 수 있다지만, 백현은 그 어떤 군주도 섬기지 않는다.

백현은 손가락을 움직여 보았다. 움찔거리며 손가락이 움직였다. 그리고 어마어마한 고통이 정신을 때렸다. 자다 깼을 때의 나른함이 깨끗하게 사라졌다.

백현은 비명을 지르지 않고 몸 상태를 점검했다. 가장 먼저 확인한 것은 단전이었다.

'내상이 좀 남았어.'

이 정도에 그쳤다는 것만으로 다행이었다. 단전에 내공은 얼마 남아 있지 않았다. 그 정도야 기가 풍부한 어비스에서 운기조식을 하면 금세 가득 채울 수 있을 것이고, 내공만 회복한다면 내상도 돌볼 수 있을 것이다.

진짜 문제는 외상인데, 사지는 멀쩡했다. 솔직히 팔다리 하나…… 심하면 몇 개는 잘리거나 뜯겼을지도 모른다고 생각했는데.

백현은 두 눈을 감고서 양손을 활짝 펼쳐보았다. 연리운, 카르파고와 싸우면서 오른 주먹이 뭉개졌었다. 마지막에 억지로 펼치기는 했지만, 상처는 그대로 남았어야 했다.

하지만 지금은 오른손도 멀쩡했다. 내장이 흐를 정도로 뜯겼던 몸의 상처도, 뼈가 보일 정도로 베였던 자상도 인식되지 않았다.

그럼에도 몸을 움직일 때마다 통증이 느껴졌다. 어쩔 수 없는 통증이었다. '쇄혼'은 의념지기를 통해 육체를 강제로 각성시킨다. 의념이 원하는 만큼, 육체에게 불가능한 힘을 부여한다. 그로 인한 부담은 쇄혼이 끝난 뒤에 한꺼번에 찾아온다.

제 몸을 돌보지 않는 양날의 검. 스승은 쇄혼을 두고서 미친놈에게 어울리는 무공이라 말하곤 했었다.

'당분간 고생하겠네.'

육체의 부담에는 약도 안 듣는다. 죽지도 않았고, 쇄혼의 통증을 제외하면 몸은 아주 멀쩡했다. 의외인 건, 그 난장판에서 목숨을 부지했는데도 이 몸에 아무런 제약이 걸려 있지 않다는 것이다.

기감을 열어 주변을 훑어보았지만, 아무것도 느껴지지 않았다. 백현은 크게 숨을 몰아쉬면서 눈을 떴다.

그가 누워 있는 곳은 성인 몇 명은 누울 수 있을 커다란 침대였다. 백현은 몸에 덮인 이불을 걷어내면서 주변을 쓱 둘러보았다. 고풍스러운 분위기의 방 안은 값비싸 보이는 장식품이 많았다. 백현은 은은한 금색을 띠는 벽에 새겨진 용을 멍하니 보았다. 그 외에도 도자기나 동양화 등이 많았다.

"……여긴 어디야?"

어비스가 아니라는 것은 확실했는데, 그것도 잘 이해가 되지 않았다. 어비스에서 의식을 잃었는데, 어떻게 어비스 밖으로 나왔단 말인가?

백현은 둥그런 형태의 창가로 다가갔다. 창밖에는 생전 처음 보는 절경이 펼쳐져 있었다. 희뿌연 구름이 그리 높은 곳에 있지 않았고, 그 아래에는 초목이 우거진 자연이 펼쳐져 있었다. 천천히 시선을 옆으로 돌리니 이 거대한 저택의 위용을 알 수 있었다. 이 저택은 어디인지 모를 높은 산꼭대기에 세워져 있었다.

"……일단 한국이 아닌 것은 확실……."

끼에에엑!

네 장의 날개와 공작처럼 화려한 꼬리를 가진 새가 구름 아래를 날며 괴상한 소리를 냈다. 생긴 것과는 다르게 끔찍한 울음소리였다. 저걸 보고 있으니, 여기가 정말 어비스가 아닌 것인지에 대해서도 확신이 들지 않았다.

덜컥.

한동안 풍경을 보면서, 창밖으로 뛰어내릴까 말까 진지하게 고민하는 동안에 문이 열렸다.

"일어났나?"

문을 열고 들어온 것은 라이 룽이었다.

'네가 왜 거기서 나와?'

사실 어느 정도는 예상하고 있었다. 그 전장에 있었던 인물 중에서 백현을 적으로 두고 공격하지 않았던 유일한 인물이 바로 라이 룽이었기 때문이다.

연리운이 자신을 진심으로 죽이고 싶어 하지 않았다는 것은 알고 있었지만, 그렇다고 그 상황에서 연리운이 자신을 돌볼 수는 없었을 것이다. 하물며 백현은 마지막에 연리운을 죽일 작정으로 파천을 펼쳤었다.

"몸은 괜찮나?"

라이 룽이 물었다. 그녀는 새카만 원단에 금색 수실로 용이 새겨진 치파오를 입고 있었는데, 걱정하는 질문 내용과 다르게 표정은 그리 상냥하지 않았다.

백현은 쌀쌀맞은 라이 룽의 얼굴을 물끄러미 쳐다보다가 입을 열었다.

“나 중국어 못해.”

“……몸은 괜찮나?”

라이 룽이 다시 물었다. 그녀의 한국어는 발음이 조금 튀긴 했지만 이해하기에는 충분했다.

백현은 자신의 몸을 내려 보았다. 지금 백현은 언제나 입던 사린 흑의가 아니라, 목욕한 뒤에나 입을 법한 큼직한 가운을 입고 있었다.

“내 옷은 어디에 있어?”

“몸은 괜찮냐고 물었잖아.”

“괜찮으니까 물어보는 거야. 근육통이 좀 심하기는 하지만.”

백현은 투덜거리면서 창가에 걸터앉았다. 그는 가운이 벌어지지 않도록 끈을 동여매고 라이 룽을 쳐다보았다.

라이 룽은 쯧하고 혀를 차면서 방 안으로 걸어 들어왔다.

“기묘한 옷이던데, 빼앗을 생각은 없으니 걱정 마라. 네 몸을 치료하기 위해 어쩔 수 없이 벗긴 것뿐이야.”

“네가 날 치료해 준 거야?”

“엄밀히 말하자면 내가 아니라, 내가 소환한 소환수가 널 치료해 주었지.”

“결국, 네가 치료해 준 거네. 고마워.”

백현은 고개를 꾸벅 숙이며 감사를 전했다. 그 모습에 라이 룽은 의외라는 듯이 두 눈을 동그랗게 떴다.

"그래서. 여기는 어디야?"

"……괴이산(怪異山)."

처음 듣는 지명이었다.

백현은 다시 고개를 돌려 창밖을 보았다. 아까 전 보았던 괴조는 어디로 갔는지 보이지 않았다.

안력을 집중해 아래를 보니, 산 아래를 뛰어다니는 짐승들이 보였다. 아니, 저것을 짐승이라 해야 할까. 백현은 몬스터와 다를 것 없는 생물들을 보면서 다시 물었다.

"어비스는 아닌 것 같은데."

"여긴 중국이야."

중국은 전 세계에서 1, 2위를 다투는 헌터 강국이다. 자국 내에 5개나 되는 어비스를 가지고 있기도 했고, 15억에 달하는 인구수는 바꿔 말하자면 헌터가 15억 명이라는 뜻이기도 했다.

미국의 헌터 드레이브가 가장 먼저 사도가 되었을 때, 세계는 인구수가 많아 봤자 실속이 없다면서 중국을 비웃었다. 하지만 그 비웃음에 보답하기라도 하듯이 중국은 얼마 지나지 않아 용성군의 사도인 라이 룽과, 하이로드의 예비 사도인 진 웨이를 낳았다.

어비스가 나타난 지 4년이 흐른 지금, 전 세계에서 두 명의 사도를 데리고 있는 것은 중국뿐이다. 그 때문에 중국은 보유한 사도에게 어마어마한 혜택을 주고 있었다.

원하는 모든 것을 들어주겠다는 말에, 라이 룽은 산 하나를 요구했다. 그 요구가 받아들여져, 이 산은 과거의 이름 대신에 '괴이산'이라 불리고 있었다.

"저것들은?"

"신비경에서 불러온 소환수들이지."

용성군의 권능은 그의 영지인 신비경에서 살아가는 영물과 요수, 신수, 마수를 소환하는 것이다.

라이 룽은 자신이 소환할 수 있는 몬스터들을 괴이산에 풀어놓아 기르고 있었다. 그들은 기본적으로는 아무것도 먹지 않지만, 만약 침입자가 들어온다면 용서 없이 사냥하여 잡아먹는다.

그렇다 보니 돈이 썩어나는 대부호들은 라이 룽에게 억만금을 주고 그녀가 소환한 몬스터를 구입하거나, 괴이산의 관광을 부탁하곤 했다. 하지만 중국 주석의 부탁조차 듣지 않는 라이 룽이 그들의 부탁을 들어줄 리가 없었다.

"영광인 줄 알도록. 이 산에 들어온 사람은 네가 처음이니까."

"내가 들어가게 해달라고 한 것도 아니잖아."

백현의 대답에 라이 룽이 두 눈을 치켜뜨고서 백현을 노려보았다.

백현은 그 사나운 시선에 어깨를 으쓱거리면서 창틀에서 내려왔다. 움직일 때마다 몸이 박살 나는 것 같은 근육통이 느껴졌지만, 백현은 내색하지 않고 방 안을 걸어 침대에 가 털썩 앉았다.

"왜 나를 여기로…… 아니, 어떻게 데리고 온 거야?"

그게 가장 큰 의문이었다.

"……하미르는 공간을 뛰어넘을 수 있다. 게다가 그 상황에서 게이트를 찾는 것은 무리였고, 너는 죽어가고 있었어."

"네가 데리고 있던 용이 하미르지? 나를 치료해 준 것도 그 녀석이야?"

"너무 많은 것을 이야기해 줄 생각은 없어."

"날 구해줬잖아. 우리는 같은 편 아닌가?"

"언제 달라질지 모르지."

라이 룽은 그렇게 대답하면서 푹신한 소파에 털썩 앉았다. 그녀는 팔짱을 끼고 백현의 얼굴을 쳐다보았다. 노골적으로 살피는 시선이었다.

"뭐 할 말이라도?"

"이 상황이 놀랍지 않나 보지?"

"놀라기는 했어. 솔직히 난 거기서 죽을 줄 알았거든."

"내가 데리고 도망치지 않았다면 죽었겠지."

"고맙다고 했던 것은 진심이야."

"말로만 하는 감사는 누구나 할 수 있어."

라이 룽의 입꼬리가 비죽 올라갔다.

그 말에 백현은 낄낄 웃으면서 물었다.

"뭐 바라는 게 있으면 말해봐. 목숨의 은혜를 입었으니 노력해서라도 갚아야지."

"말은 잘하는군. 내가 왜 널 구했다고 생각하나?"

"너도 나한테 뭔가 바라는 게 있어서 구했겠지. 아니면 카르파고가 이득을 취하는 것이 마음에 안 들었거나."

둘 다 정답이었다. 라이 룽은 피식 터진 웃음으로 대답을 대신했다.

"내가 얼마나 자고 있었던 거야?"

"하루 조금 넘었다."

"오래도 잤네, 어쩐지 정신이 말끔하더라니. 그래서, 그때 무슨 일이 있었는지는 언제쯤 말해줄 생각이야?"

백현은 능글맞게 웃으며 물었다. 라이 룽은 백현이 생각했던 것과는 달리 뻔뻔하단 생각을 하며 피식 웃었다.

'쌩 미치광이인 줄 알았더니.'

"……연리운은 철혈궁으로 돌아갔다."

"안 죽었구나."

백현은 환히 웃으면서 말했다. 그 웃음에 라이 룽이 눈썹을 찡그렸다.

"왜 웃는 거지?"

"그렇게 죽었으면 아쉽잖아. 나는 아직 연리운과 제대로 승부를 내지 못했어. 카르파고 그 개자식이 끼어든 덕분에 말이지."

"……카르파고가 끼어들지 않았어도, 계속 싸웠다면 패배한 쪽은 너였을 텐데?"

"그건 해봐야 아는 거야."

자존심을 긁어보려고 한 말이었지만 백현은 별 반응을 보이지 않고서 라이 룽의 말을 받아쳤다. 그 대답에 라이 룽은 순간 할 말을 잃었다.

자존심을 챙기기 위한 대답이 아니었다. 그리고 라이 룽도 어느 정도는 백현의 말에 동감했다. 실제로 백현은 그 전투 중에도 강해지고 있었다.

"……네가 마지막에 펼친 공격이 상황을 통째로 비틀어 버렸지. 연리운은 치명상을 입고서 급히 철혈궁의 문을 열어 그 안으로 도망쳐 버렸고…… 나와 카르파고도 더 이상 전투를 이어가지 못하고 네 공격 반경에 휘말려 버렸어."

거기 있던 그 누구도, 백현이 마지막에 펼쳤던 파천이 그만한 위력을 가지고 있으리라고는 생각하지 못했다.

카르파고가 공격에 휘말려 멀리 날아간 틈에, 라이 룽은 의식을 잃고 추락하던 백현을 낚아채고서 하미르의 능력으로 어비스를 탈출해 괴이산의 저택으로 돌아올 수 있었다.

"내가 널 구하지 않았더라면, 넌 거기서 정말 죽었을 거야."

"잘 알고 있고, 진짜 고맙다고 생각하니까 생색 좀 그만 내."

"생색을 내는 것이 아니라 사실을 말하는 거야."

'은근히 속이 좁네.'

백현은 그런 생각을 하며 쩝- 하고 입맛을 다셨다. 하지만 라이 룽에게 감사를 느끼는 것은 사실이었다. 백현이 입었던 상처는 고작 하루 만에 치료될 만한 것이 아니었다.

"날 치료한 건 마법이겠지?"

"많은 걸 말해줄 생각은 없다고 했을 텐데?"

"마법이겠지, 병원에 데려가서 수술한 것은 아닐 테니까. 그래서, 난 집에 어떻게 돌아가면 돼?"

"……당분간은 여기서 지내라."

그렇게 대답하긴 했지만, 라이 룽은 정말 내키지 않는다는 얼굴이었다. 괴이산 봉우리 정상에 세워진 이 저택은 혼자 살기에는 어마어마하게 넓었지만, 그렇다고 해서 다른 사람을 들여서 함께 살고 싶은 건 아니었다. 하지만 그녀가 섬기는 용성군은 그것을 바라고 있었다.

"여기서 지내라고? 왜?"

"네 집으로 돌아가는 것은 여러모로 위험해. 카르파고도 경계해야 하고."

"허."

라이 룽의 말에 백현이 마른 웃음을 흘렸다.

"왜. 그 새끼가 내 집에 쳐들어오기라도 할까 봐?"

"그럴 수도 있겠군."

"그럼 내가 패 죽이면 되잖아."

"말처럼 쉽지 않을 텐데. 너는 사도를 너무 무르게 보고 있어."

딱히 그런 것은 아니다. 예비 사도와 진짜 사도 사이에 얼마나 말도 안 되는 격차가 존재하는지, 이번에 확실히 알았다.

"네가 카르파고를 죽인다는 것은, 어찌 보면 혈사자를 죽인다는 것과 똑같은 일이야. 꽤 많은 리스크를 부담하는 일이기는 하지만, 사도는 군주의 힘을 직접 강신시킬 수 있으니까."

풍선처럼 터져 죽은 박준환과는 다르다는 것이다.

"어쩌면 네가 카르파고를 압도할 수 있을지도 몰라. 그렇게 되면 혈사자가 직접 나서겠지."

"비겁한 새끼."

"……게다가 카르파고에게는 혈사자 본인이 직접 사용했던 아신검 바알이 있다. 아무리 네가 강하다지만 작정하고 덤비는 카르파고를 상대로 이길 수는 없어."

"그럴지도 몰라."

백현은 의외로 담담하게 그 사실을 인정했다.

상대는 5년 동안 어비스에서 경험을 쌓은 헌터가 아니다. 신이라 불리는 어비스의 군주가 직접 선택한 사도다. 예비 사도와는 다르게 군주의 모든 권능을 완벽하게 사용할 수 있고, 필요하다면 군주의 힘을 직접 강신시킬 수도 있다. 그 말은 인간의 육체를 가진 신과 싸운다는 것과 다름없었다.

"……잠깐."

문득 떠오른 생각에 백현의 표정이 차갑게 식었다.

"그 새끼가 날 어떻게 해보자고 다른 수를 쓰면 어떡해?"

"무슨 말이지?"

"내 주변인을 건드린다든가."

"서민식 말이냐?"

라이 룽의 입에서 그 이름이 튀어나왔다. 백현은 어이가 없어서 잠깐 동안 라이 룽을 쳐다보다가 물었다.

"네가 어떻게 알아?"

"네 존재 자체가 해외 토픽이었으니까."

백현의 절친인 서민식도 덩달아 유명해졌다는 말이다.

"놈은 템페스트의 과도한 총애를 받고 있어. 다른 군주는 몰라도, 혈사자는 어비스를 직접 활보하던 시절부터 그 광적인 폭풍신과 직접 대면하는 것을 피해왔지. 그러니 서민식을 걱정할 필요는 없다."

그 이야기는 재생의 뱀에게도 들었었다. 하지만 이해가 안 되는 것은, 어떻게 서민식에 대한 템페스트의 총애를 다른 군주들이 알고 있냐는 것이다.

"직접 들었으니까 알지."

라이 룽이 헛웃음을 흘리며 말했다.

"물론 내가 들은 것은 아니지만 말이야. 3년 전쯤, 템페스트가 휘하의 정령을 통해 군주들에게 전갈을 보냈어."

저 인간을 건드리지 마라.

"템페스트는 정령계의 군주야. 정령에 대해서 알고 있나? 그녀가 다스리는 정령은 말이지, 자의식이라는 것이 존재하지 않아. 주인이 뭘 시키건 간에 무조건 그 명을 따를 수밖에 없다는 거야."

정령이라고 해서 어비스의 혼돈에 면역을 가지고 있는 것은 아니다.

"고작 저 말을 전하기 위해 얼마나 많은 정령이 혼돈에 침식되었는지 상상이라도 할 수 있겠어? 미쳐도 단단히 미친 짓이지, 아무리 자의식이 없는 정령이라지만 자신의 권속인데…… 거둔지 고작 몇 년도 안 된 인간을 보호하고자 그 많은 정령을 혼돈에 버려 버렸어."

미치광이. 재생의 뱀이 템페스트를 두고 한 말이다.

"만약 혈사자가 카르파고를 써서 서민식을 죽인다면, 템페스트는 쓸 수 있는 모든 수단을 동원해서 카르파고를 죽여 버릴 거야. 굳이 나서서 적을 늘리고 싶지 않을 테니, 카르파고가 널 끌어내고자 서민식을 건드리지는 않을걸?"

"……대체……."

백현은 피부에 돋은 닭살을 손끝으로 문지르며 중얼거렸다.

"대체 민식이 그 새끼가 뭐가 예쁘다고 그렇게까지 챙겨주는 거야?"

백현은 오랜 친구인 서민식의 얼굴을 떠올렸다.

'그 새끼 얼굴이 정령한테 좀 많이 먹히는 얼굴인가?'

객관적으로 보면 서민식이 미남이기는 했다.

2장
악신

무한전(無限戰). 혈사자가 다스리는 영지는 천국이라기보다는 지옥에 가깝다. 피처럼 붉은 하늘은 언제나 시체를 탐하는 까마귀 떼가 날고 있고, 그 아래에는 혈사자와 그의 권속들이 거쳐온 셀 수 없이 많은 전장이 뒤섞여 있다. 무한전의 모습을 알고 있는 것은, 인간 중에서는 오직 카르파고뿐이었다.

사도인 드레이브를 전면에 내세운 퓨어세인트는, 자기 자신을 인세의 종교적 상징으로 만들며 인간의 신앙을 끌어모으고 있지만, 그것은 어디까지나 퓨어세인트가 예외적인 존재이기 때문이다.

"정녕 몰락해 버린 신이기 때문이지."

높은 곳에서 비웃음 섞인 목소리가 들렸다.

카르파고는 그득한 시체의 틈 사이에 주저앉아 있었다. 그의 주변에는 인간이 아닌 이종족의 시체들이 즐비했다. 그는 뺨에 튄 끈적한 녹색 피를 닦으며 위를 올려 보았다. 금속으로 만들어진 커다란 의자에 거대한 존재가 앉아 있었다.

혈사자.

거신족의 오랜 왕답게, 그는 올려다보기 힘들 정도의 거구였다.

"인간의 신앙 따위를 긁어모아 어디에 쓰려 하는지는 모르겠지만. 그딴 일에 수고를 들인다는 것 자체가 그 계집이 신격으로서 미숙하다는 증거이니라."

혈사자가 껄껄 웃으며 떠들었다.

카르파고는 그 말을 흘려들으면서 자기만의 세계에 빠져 있었다. 이틀 전의 일에 대해서.

'아깝다.'

어쩌면 조금 조급했던 걸지도 모르겠다. 조금 더 기다렸다가 개입했다면 연리운과 백현, 둘을 확실하게 죽일 수 있었을 텐데. 아니, 이쪽이 어설펐나. 카르파고는 그런 생각을 하며 인상을 구겼다.

라이 룽은 카르파고가 와 있음을 눈치채고 있었지만, 카르파고는 라이 룽이 있음을 눈치채지 못했다. 그날 카르파고와 라이 룽의 결정적인 차이는 그것이었다.

만약 라이 룽이 그곳에 와 있음을 알았더라면, 카르파고가 성급하게 모습을 드러내지는 않았을 것이다. 근접 전투에 특화되어 있는 혈사자의 권능은 마법 쪽에서 굉장히 취약하다.

"네게 준 권능에 불만을 가지고 있는 게냐?"

혈사자가 코웃음을 치며 물었고, 카르파고는 고개를 들어 똑바로 혈사자를 올려 보았다.

"당신은 알고 있었을 겁니다."

그 말에 혈사자가 껄껄 웃었다.

"암, 알고 있었다마다."

"그런데 왜 알려주지 않은 겁니까?"

"내가 그런 것까지 일러주어야 했느냐?"

혈사자가 웃으며 물었다. 그 말에 카르파고는 대답 대신에 입꼬리를 비틀어 올려 웃었다.

카르파고는 혈사자의 유일한 사도였지만, 전투에 대해서 혈사자는 그 어떤 조언도 해주지 않는다. 카르파고가 사용하는 권능과 힘이 모조리 혈사자의 것이긴 해도, 싸우는 본인은 카르파고이기 때문이다.

"그럴 바에는 네 육체를 내가 장악하는 편이 훨씬 편하고 빠르지 않겠느냐."

혈사자가 큰 소리로 웃었다. 그 웃음소리에 무한전의 하늘이 진동하며 떨렸다.

카르파고는 대답하지 않고서 옆에 둔 바알의 칼자루를 어루만졌다.

"당신이 준 권능에 불만을 가지고 있는 것은 아닙니다."

"네 쓰기 나름이니라."

카르파고는 그 말을 들으면서 몸을 일으켰다. 만약 그곳에서 연리운과 백현을 죽였다면……. 카르파고는 떨쳐내지 못한 아쉬움에 입맛을 다셨다. 그랬다면 연리운에게 깃들어 있는 무령의 권능을 손에 넣을 수 있었을 것이다.

"……경계해야 할 것은 그 인간입니다."

"알고 있노라."

카르파고의 중얼거림에 혈사자가 껄껄 웃었다.

"백현이라 하였지. 튜토리얼에서 보였던 모습이 전부가 아님을 알았지만, 설마 그리도 강할 줄이야. 인간이면서도 그만한 힘을 이룩했다는 점이 실로 경이롭도다."

"용성군이 그 인간과 손을 잡았는데, 위험하지 않겠습니까?"

"위험할 것까지는 없지. 용성군 역시 그 인간을 이용하고자 할 뿐이니."

혈사자가 천천히 몸을 숙였다. 카르파고는 다가오는 거신왕의 머리를 보았다. 황금색으로 번쩍거리는 거대한 눈동자에 카르파고의 모습이 비쳤다.

"연리운을 죽이는 것에 실패한 이상, 당장 네가 할 수 있는 일은 없노라."

카르파고는 손톱을 와득 씹었다.

무령을 죽이는 것은 불가능하다. 군주를 죽인다는 것은 여러 가지 의미를 갖고 있다. 적어도 카르파고는 직접 무령을 죽일 수가 없는 몸이었다. 그렇기에 연리운을 죽이는 것을 최종의 목적으로 두었으나, 그마저도 실패했다.

아마 더 이상의 기회는 없을 것이다. 무령이야 혼돈에 잠식되어 이성적으로 판단할 수 없는 몸이라지만, 철혈궁의 2인자인 연리운은 아니다.

'단독으로 도모해 보는 것도 나쁘지 않겠지만…… 그럴 기회조차 없겠지.'

타 군주의 사도들이 개입함을 알게 된 이상, 연리운도 머저리가 아닐 테니 이번처럼 전면에 나서지는 않을 터.

그렇다면 백현 쪽을 노려야 하나? 아니, 그것도 힘들다. 놈은 라이 룽이 직접 데리고 갔다. 라이 룽의 거처인 괴이산은 용성군 본인이 없다 뿐이지 제2의 신비경이라 해도 좋을 곳이다. 그곳에서 라이 룽과 싸우는 것은 자살행위다.

'끌어낼 방법이…… 서민식? 아니, 그건 너무 위험해.'

템페스트를 자극하고 싶지 않다. 그 광적인 폭풍의 군주와 싸우는 것이 두렵다기보다는, 굳이 나서서 적을 늘리고 싶지 않았다.

혈사자의 말대로였다. 이틀 전에 있던 기회를 놓친 이상, 당장 카르파고가 할 수 있는 일은 없었다.

"제기랄."

카르파고는 욕설을 내뱉으며 몸을 일으켰다. 라이 룽만 끼어들지 않았으면 깔끔하게 끝이 났을 텐데. 카르파고는 그녀의 얼굴을 떠올리면서 빠드득 이를 갈았다.

"다음으로 가겠느냐?"

혈사자가 웃으며 물었다. 주변에 즐비한 시체들이 사라졌다. 텅 빈 전장에 혈사자와 카르파고 둘만이 남았다. 카르파고는 번쩍거리는 혈사자의 눈을 노려보면서 내뱉었다.

"예."

새로운 전장이 만들어졌다. 무한전, 이곳은 혈사자가 지나온 무수히 많은 전장을 소환한다.

카르파고는 바알을 쥐어 들었다. 시간 축이 뒤틀린 무한전의 시간은 현실보다 훨씬 느리게 흐른다. 예비 사도로 선택되었을 때부터, 카르파고는 무한전에서 대부분의 시간을 보내며 수많은 전장을 거쳐왔다. 이전에 쓰러뜨렸던 군대보다 더 강하고, 더 많은 군대가 주변을 가득 채웠다.

혈사자는 느긋한 눈으로 자신의 사도가 권능을 끌어내는 것을 보았다.

"이번에는 얼마나 죽을지 보자꾸나."

혈사자의 웃음소리가 전장을 뒤흔들었다.

"앞으로 어쩌시려고?"

라이 룽이 물었다. 그녀는 여전히 창틀 위에 앉아 백현을 쳐다보고 있었고, 백현은 침대 위에서 생각에 잠겼다.

당분간 이곳에서 지내라는 말은 납득했다. 이해가 안 가는 것은 라이 룽의 태도다.

'왜?'

정확하게 말하자면 용성군의 입장을 이해할 수가 없었다. 용성군이 바라는 것이 무엇일까.

"나한테 바라는 것이 뭐지?"

백현은 라이 룽을 힐긋 쳐다보며 물었다. 바로 앞에 의구심에 대해서 대답해 줄 존재가 있는데, 뭐하러 혼자 고민한단 말인가.

백현의 시선을 받은 라이 룽이 피식 웃었다.

"적의 적은 아군이라고들 하잖아."

"카르파고가 네 적이라는 거냐?"

"놈이 전부는 아니지."

"그럼 누가 적이라는 거냐?"

10년 전에, 어비스에는 20명의 신격이 있었다. 그중 7명은 혼돈에 침식되어 타락해 버렸고, 나머지 13명의 군주는 외차원에 피신했지만, 본래의 세계로 돌아가지 못하고 있다.

그중 하나인 용성군. 재생의 뱀은 그를 두고서 균형과 질서를 수호해야 한다 떠들던 위선자라고 말했었다.

"……군주들에게는 각자 다른 욕망이 있다."

라이 룽이 다리를 꼬았다.

"그 욕망을 숨기지 않고 드러내는 군주 중 대표적인 것이 퓨어세인트와 혈사자, 무령이다. 그것은 이해하고 있나?"

"나는 네 생각보다 많은 것을 알고 있어."

백현은 이를 보이며 웃었다.

"10년 전의 어비스에 20명의 신격이 싸움을 벌였단 것이나, 심연의 왕좌, 7 군주의 타락 등. 꽤 많이 안다고."

으스대듯 하는 말에 라이 룽은 놀란 표정을 지었다. 저건 인간이 절대로 알 수 없는 이야기였다.

"어떤 군주가 너에게 그것을 알려주었지?"

"그게 중요한 일인가?"

"……아니, 중요하지는 않지. 네가 다른 군주와 계약하지 않은 것은 사실이야. 그런 이상 네게는 여전한 가치가 있어."

라이 룽은 그렇게 중얼거리면서 손으로 턱을 어루만졌다. 그녀는 얇게 뜬 눈으로 백현을 응시하며 입술을 열었다.

"네게 그 말을 전해준 군주는 용성군을 어떻게 평가했나?"

"균형과 질서를 수호해야 한다고 떠들던 위선자."

"부정할 수는 없겠군."

짧게 웃은 뒤에 라이 룽이 고개를 가로저었다.

"하지만 어느 정도 진심이야. 용성군이 바라는 것은 균형과 질서다."

"위선자라는 것은 부정하지 않으면서?"

"그를 이루기 위한 과정이 선하지 않기 때문에 위선인 거야. 10년 전의 일도 그랬지. 혼돈의 근원은 그 누구도 소유할 수 없거니와, 소유해서도 안 될 힘이었다."

"결국, 용성군도 그 힘이 탐나 어비스에 온 것은 맞잖아."

"그것은 잘못 이해하고 있군. 용성군은 혼돈의 근원을 탐내지 않아. 용성군이 10년 전의 어비스에서 하고자 했던 것은, 자신을 제외한 모든 신격을 죽여 버리는 것이었다."

백현의 눈이 동그랗게 떠졌다. 라이 룽은 백현의 그런 표정을 보면서 웃음을 터뜨렸다.

"아, 착각하지는 마. 너처럼 무식한 방법으로 몰살을 생각했던 것은 아니거든. 용성군의 목적은, 다른 군주들이 서로 죽고 죽이는 동안 세력을 보존해 끝까지 살아남는 거였어."

"그리고 마지막에 힘 빠진 군주들을 죽여 버린다?"

"그렇게 되지는 않았지만 말이야."

라이 룽은 그렇게 말하면서 창밖을 보았다. 넓게 펼쳐진 괴이산의 절경을 보며, 라이 룽은 천천히 말을 이었다.

"대부분의 군주가 혼돈의 위험성을 알면서도 근원을 탐냈던 것은 사실이지만, 용성군은 아니었다. 그는 자신이 절대로 혼돈의 근원을 감당할 수 없음을 알았고, 대부분의 군주가 마찬가지일 것이라 짐작했지."

"그래서 다른 누구도 그걸 손에 넣지 못하게 하려 했다?"

"이후의 파멸을 막기 위해서였다. 생각해 봐라. 포악한 군주가 그 끔찍한 힘을 손에 넣는다면 무슨 일이 벌어질 것 같으냐? 통제하지 못해 자멸한다면 뭐 상관없겠지만, 자멸하지 않는다면? 혼돈의 근원을 완전히 자신의 것으로 삼는 것에 성공한다면……."

무슨 말을 하고 싶은 건지 알겠다.

균형과 질서를 수호해야 한다고 떠들던 위선자, 용성군. 그가 진정으로 경계했던 것은, 군주 중 누군가가 혼돈의 근원을 손에 넣어 완전히 지배하는 것이었다.

"그렇게 된다면 신격 간의 파워밸런스가 무너진다. 용성군은 그를 바라지 않았지. 하지만 여전히, 몇몇 군주들은 혼돈의 근원을 탐하고 있어."

"나를 구한 이유가 그거냐? 그 '적'들과 싸우는데 내 도움을 받고 싶어서?"

"너는 네 존재가 얼마나 큰 가치를 가지고 있는지 모르는군."

라이 룽이 키득키득 웃었다.

"물론, 네가 가진 힘은 나의 적들과 싸우는 것에 큰 도움이 될 거야. 하지만 네가 가지고 있는 가장 큰 가치는…… 그 힘이 아니라, 네가 그 어떤 군주도 섬기지 않는 순수한 인간이라는 것이다."

"너도 인간이잖아."

"달라."

부정했다.

"사도가 강한 이유는 군주의 힘을 체현할 수 있기 때문이지. 그런 사도를 순수한 인간이라고 생각하나? 아니지, 절대 아니야. 하지만 너는…… 특별하지."

"뭐가 특별하다는 건지 모르겠는걸."

"인간은 어비스의 혼돈을 대면하고서도 타락하지 않아. 그 때문에 군주들이 인간에게 힘을 주기 시작한 것이고. 하지만 사도는 군주와 직접 연결되어 그 힘을 공유한다. 우리가 혼돈의 근원에 가까이 가는 것은 위험 요소가 굉장히 많아."

라이 룽이 백현을 물끄러미 보았다.

"하지만 너는 순수한 인간이기 때문에, 그 어떤 사도보다도 혼돈의 근원에 가까이 갈 수 있을 거다. 그러니까……."

"파괴해 달라는 말이군."

백현이 고개를 끄덕거렸다. 하지만 라이 룽은 그 말에 두 눈을 끔벅거리며 어이없다는 표정을 지었다.

"……진심으로 하는 말이냐?"

"왜? 아니야?"

"그게 베스트기는 하지만…… 불가능해. 군주들조차 감당할 수 없는 혼돈의 근원을 어찌 인간이 파괴할 수 있다는 말이냐?"

라이 룽이 헛웃음을 흘리며 중얼거렸다.

백현은 그 혼돈의 근원이라는 것을 대면한 적이 없었기 때문에, 별말 하지 않고 심드렁한 표정을 지었다.

"내가 너에게 바라는 건 공동 전선이야. 당장은 혼돈의 근원이 모습을 보이지 않았지만, 언젠가 혼돈의 근원이 나타난다면. 욕심을 내고 있는 모든 군주가 훨씬 더 적극적으로 나설 거다. 그때가 되면 나 혼자서는 힘이 부쳐."

"카르파고 말고 다른 사도도 있잖아."

"……둘은 믿을 수 없어."

"드레이브는? 퓨어세인트는 착한 놈 아니었어?"

백현은 아무것도 모른다는 표정을 지으며 물었다. 퓨어세인트에 대한 악담을 여기저기서 듣긴 했는데, 용성군이 퓨어세인트를 어떻게 평가하는지 궁금했기 때문이다.

"퓨어세인트야말로 혈사자보다 믿을 수 없는 놈이지."

라이 룽이 미간을 찡그리며 내뱉었다. 아무래도 퓨어세인트에 대한 평가는 거기서 거기인 것 같았다.

"왜 믿을 수가 없다는 거야?"

재생의 뱀에게서 퓨어세인트에 대한 악담을 듣기는 했지만, 왜 그녀가 퓨어세인트를 싫어하는지까지는 듣지 못했다. 워낙 싫어하는 태도가 노골적이라 물어볼 생각도 못 했기 때문이다.

"……퓨어세인트는 자신이 다스리는 세계를 직접 멸망시켰어. 그런 악신(惡神)을 어떻게 믿는다는 거냐?"

상상도 못 한 말이 튀어나왔다.

"자기 세계를 멸망시켰다고?"

백현도 뜨악해서 물었다. 인류애가 이유라면서 떠들었던 것이 퓨어세인트인데, 그녀가 자기가 다스리던 세계를 멸망시켰다니? 만약 저 말이 사실이라면 재생의 뱀이 퓨어세인트를 두고서 위선자라고 말한 것도 이해가 간다.

"정확히 어떻게 된 것인지는 알 수 없지만, 그녀가 다스리던 17차원이 퓨어세인트로 인해 멸망한 것은 사실이다. 그래서 퓨어세인트는 믿을 수 없어."

라이 룽은 그렇게 말하고서 창가에서 내려왔다.

"무슨 말인지 알겠나? 나로서는 다른 군주를 믿을 수가 없다는 말이다. 결국, 어비스에 들어와 있는 대부분의 군주가 혼돈의 근원을 탐내고 있는 것은 사실이니까. 하지만 너는……."

"군주를 섬기지 않는 것과는 상관없잖아. 내가 혼돈의 근원을 손에 넣으려 하면 어쩔 건데?"

"그건 감당할 수 없는 힘이야."

라이 룽이 고개를 저으며 비웃었다.

"네가 탐을 낸다면 유감스러운 일이지만…… 언젠가 대면하게 된다면, 너도 이해할 수 있을 거다. 혼돈의 근원은 누구도 감당할 수 없어."

"너와 용성군은 혼돈의 근원을 어쩌고 싶은 거냐?"

"용성군이 바라는 것은 균형과 질서의 수호다. 혼돈의 근원은 존재만으로 균형과 질서를 파괴하는 것이니, 우리는 파괴를 최우선으로 생각한다."

"불가능하다고 말한 주제에."

"그러니 방법을 모색해야 하는 거야. 당장은 급할 것이 없거든. 최우선적인 위협은 무령이다."

그 역시 의외의 말이었다. 무령이 위협이라? 백현이 시선으로 설명을 요구하자, 라이 룽은 느긋한 목소리로 말을 이었다.

"이전에 혼돈이 폭주했을 때, 무령은 가까스로 타락을 면했지만, 혼돈의 침식 자체는 피할 수 없었다. 당장은 버티고 있지만…… 언젠가 무령이 버티는 것에도 한계가 찾아올 거야."

"……그건 자멸한다는 것 아닌가?"

"자멸로 끝나지 않으니 위협이라는 거야."

라이 룽이 짧은 한숨을 쉬며 말했다.

"5년 전, 혼돈이 폭주해 7명의 군주가 침식당해 타락했을 때. 그들이 거느리고 있던 모든 권속이 섬기던 군주와 같은 결말을 맞이했어."

"허."

백현은 라이 룽이 말하는 바를 이해했다.

타락은 무령 하나로 끝나지 않는다. 철혈궁의 모든 권속이 무령을 따라 타락할 것이다. 그리고…….

"헌터들까지?"

"그들 역시 무령에게서 힘을 받은 권속이니까. 아무리 인간이 혼돈에 면역을 가지고 있다지만, 섬기는 군주의 타락에까지 자유로운 것은 아니야. 무령이 타락하면 정말 대혼란이 일어날 거다."

가장 큰 문제는, 그 일이 현실에서 일어난다는 것이다. 어비스 안에서 일어난다면 어떻게 감당할 수 있겠지만, 현실에서라면 일이 너무 커진다.

타락에 대해서는 제종과 재생의 뱀에게 어느 정도 듣기는 했다. 자아가 완전히 붕괴해서 내가, 내가 아니게 되어버린다. 재생의 뱀처럼 살아온 모든 것이 신화이고 역사인 신격들에게 있어서 타락은 죽음보다 두려운 것이라 했었다. 제종은 혼돈을 너무 많이 받아들이면 몬스터로 영락해 버린다고 했었다.

"차라리 관리국에 전하지그래?"

"어디서부터 어디까지? 이 세상에는 군이 알지 않아도 될 것들이 썩어 넘쳐. 내가 왜 퓨어세인트가 악신임을 떠들지 않는다고 생각하나?"

"네가 그렇게 말한다고 해서 믿어줄 사람이 많지 않을 테니까."

"……그것도 있기는 하지만, 근본적인 이유는 혼란을 막기 위해서야."

그렇게 말하기는 했지만, 라이 룽은 꽤 자존심이 상해하는 표정이었다.

하지만 어쩔 수 없는 일이었다. 중국에서야 라이 룽이 굉장한 대접을 받고 있다지만, 퓨어세인트에 대한 신앙은 이미 지구 전체에 영향력을 행사하는 하나의 종교다. 첫 번째로 인간 사도를 임명했다는 상징성과 가장 많은 사람들에게 계약과 권능을 권했던 퓨어세인트에 대한 대중의 인상. 게다가 사후에 갈 수 있는 이상적인 천국에 대한 선전까지. 라이 룽이 퓨어세인트를 악신이라 말해봤자 대중은 진지하게 듣지도 않을 것이다.

"대체 뭐라고 떠들 생각이냐? 입장을 바꿔서 생각해 봐. 언젠가 너희들이 섬기는 군주가 돌아버릴 거고, 너도 인간이 아니라 몬스터가 되어버릴 거야. 네가 무령과 계약한 헌터라면 저 말을 듣고 뭐라 반응하겠냐?"

"개소리하지 말라고 할 것 같은데."

"일반적인 반응이라 다행이군."

"날 뭐라고 생각하는 거야?"

"웃기는 질문이라 생각 안 해? 네가 나한테 보여주었던 모습을 생각해 봐. 난 말이야, 사람의 이미지라는 것은 첫인상을 시작으로 해서 보고 들은 것으로 완성된다고 생각해. 내 안에서 완성된 너의 이미지는 전투광 또라이야."

이죽거리는 말이 틀린 말은 아니었다. 백현은 반박하지 않고 씩 웃고 말았고, 라이 룽은 헛웃음을 흘렸다.

"물론 대응책은 나름대로 강구하고 있어. 적어도 중국 안에서는 말이야."

이름뿐인 직위라고는 하지만, 라이 룽은 중화인민공화국의 정식 부서인 중화엽인부의 총장이었다.

"당장은 무령과 계약한 헌터들의 신원을 파악했을 뿐이지만."

"완전히 타락하기 전에 무령을 죽여 버리면 되는 것 아냐?"

"너는 언제나 불가능한 일을 가능하다는 듯이 말하는군."

라이 룽이 기가 찬다는 듯이 중얼거렸다.

"네가 사신장을 쓰러뜨리게 두었던 것은, 무령이 타락했을 때를 대비하기 위함이었다. 무령이 타락하면 철혈궁에서 가장 강력한 사신장도 재앙급의 몬스터가 되어버릴 테니까."

"무령을 죽일 생각은 없었고?"

"그것도 방법 중 하나라고 보기는 했지. 아까도 말했던 것처럼, 너는 특별하니까."

라이 룽이 백현에게 다가왔다. 그녀는 침대에 앉아 있는 백현을 내려 보며 두 눈을 빛냈다.

"하지만 넌 연리운에게도 고전했어. 그런 네가 무령을 죽이는 것이 가능할까?"

"다음에 싸우면 이길 수 있을걸."

백현은 피식 웃으며 말했다. 근거 없는 자신감의 발로는 아니었다. 마지막 순간, 파천을 펼쳤을 때 느꼈던 해방감.

백현은 자신의 양손을 내려 보았다. 그때의 기분은 지금도 확실하게 떠올릴 수 있었다. 그 순간에, 백현은 자신을 가로막고 있는 한계라는 이름의 벽을 부쉈다.

'완전히 부쉈나?'

그에 대해서는 스스로도 조금 미심쩍기는 했다.

"……그런데, 진 웨이는 어떻게 된 거야?"

"놈은 도망쳤다."

그럴 줄 알았다. 진 웨이는 언제나 자기 자신의 목숨이 최우선이었고, 사실 그 상황에 진 웨이가 끼어들어 봤자 할 수 있는 것은 없었을 것이다. 하이로드도 자신의 예비 사도가 거기서 무의미하게 목숨을 잃는 것은 바라지 않았던 것이다.

'이걸 뒤통수라고 봐야 하나?'

칠 거면 보다 확실하게 할 것이지. 백현은 작게 혀를 차면서 침대에서 몸을 일으켰다.

"여기서 지내라는 건 알겠는데, 일단 집에 좀 다녀오면 안 될까?"

"어째서?"

"핸드폰은 있어야 할 것 아냐?"

"어차피 해외라 쓰지도 못해. 새로 구해줄 테니 그걸 쓰면 되잖아."

그렇게까지 해준다면 불만은 없었다. 어차피 등록된 전화번호라고 해봐야 서민식과 정수아 둘뿐이다.

"그런데, 여기 화장실은 어디야?"

"……아소."

라이 룽이 작은 소리로 중얼거렸다. 그러자 공간이 일렁거리더니, 라이 룽의 옆에 붉은 털을 가진 늑대가 모습을 드러냈다. 물론 단순한 늑대는 아니었다. 백현은 늑대의 정수리에 불룩 솟은 뿔을 쳐다보았다.

"저택의 안내는 아소가 해줄 거야."

"밥은?"

"……그것도 챙겨줘야 하나?"

"네가 허락해 준다면 알아서 구해 먹을 순 있어. 아까 보니까, 산 아래에 먹을 만한 게 꽤 많아 보이던데?"

"내 소환수를 잡아먹으면 널 죽여 버릴 거야."

라이 룽의 두 눈에 살기가 담겼다. 그 시선에 백현은 억울하단 표정을 지으며 항변했다.

"야, 내가 언제 개들 잡아먹겠다고 했냐? 그거 말고 먹을 것 많다고."

"아니, 됐어. 식사 시간이 되면 아소를 통해 전해주마."

라이 룽은 더 이상 말을 듣지 않고 문가로 향했다. 그러다가 문 앞에 멈춰서 백현을 돌아보았다.

"절대로, 절대로 아소를 잡아먹지 마. 알겠어?"

그 말을 남기고서 라이 룽은 방 밖으로 나갔다. 덕분에 넓은 방에 백현과 아소 둘만이 남았다. 백현은 얌전히 앉아 있는 아소를 보며 투덜거렸다.

"사람을 뭐로 보는 거야? 내가 개를 왜 잡아먹어?"

"정말 안 먹을 겁니까?"

아소가 고개를 돌리며 물었다. 그 말은 전음처럼 백현의 머릿속에 직접 울렸다. 백현은 소스라치게 놀라서 다시 침대에 주저앉아 버렸다.

"너 말도 할 줄 알아?"

"할 줄 압니다. 그리고 전 개가 아니에요. 영물의 반열에 오른 늑대의 정령입니다."

아소는 그렇게 말하며 몸을 일으켜 네 발로 섰다.

늑대도 따지고 보면 개 아닌가. 결국, 분류상으로는 개과이니 개일 텐데. 백현은 그런 실없는 생각을 하며 다시 침대에서 일어섰다.

"저택의 안내를 해드리겠습니다. 우선 화장실이 급하신 것 같은데……."

"급한 건 아닌데, 싸려고 하면 쌀 수 있기는 해."

"굳이 저한테 설명할 필요는 없으십니다."

아소가 질색하며 말했다.

방을 나가 보니, 넓고 긴 복도가 보였다. 백현이 살고 있는 아파트도 혼자 살기엔 과할 정도로 넓었는데, 이 저택에 비하자면 태양 앞의 반딧불이였다.

백현은 앞에서 꼬리를 축 늘어뜨리며 걷는 아소를 따라 복도를 걸으며, 주변을 휘휘 둘러보았다.

"라이는……."

"라이?"

"라이 룽이라고 부르기에는 불편해서. 아니다, 라이가 성씨인가?"

그런 식이라면 라이라고 부르는 것은, 김씨 성을 가진 사람을 김이라고 부르는 것과 똑같은 일이다.

"룽은 이 저택에서 혼자 사는 거야?"

"주인님은 자신이 그렇게 불리는 것을 싫어하실 겁니다."

"자기 이름인데 싫어할 건 또 뭐야? 야, 하고 부르는 게 더 싸가지 없을 것 같은데."

백현의 말에 아소가 입을 다물었다. 당장 반박할 거리가 없는 말이었다. 그렇다고 백현을 향해 라이 룽을 자신처럼 주인님이라 말하라 할 수도 없는 노릇 아닌가.

"이 저택에 살고 있는 인간은 주인님뿐입니다만. 저와 같은 소환수들도 무척 많습니다."

"저택 밖에도 많던데?"

"이 산 전체가 주인님의 영지입니다. 신비경에서 살아가는 용성군의 권속 대부분이 이곳과 신비경을 오가며 살고 있습니다."

"굳이 그렇게까지 하는 이유는 뭐야? 외로워서?"

"단련을 위해서죠."

아소가 대답했다. 축 늘어져 있던 아소의 꼬리가 위로 올라가 좌우로 살랑거리며 흔들렸다. 라이 룽에 대해서 이야기하는 것이 즐거운 모양이었다.

"소환수를 소환하는 것도, 그를 유지하는 것도. 술자에게는 많은 부담이 됩니다. 하지만 주인님은 용성군님이 직접 인정한 사도. 이 정도의 일은 주인님을 위협할 부담까지는 아니지만, 소환해 두고 있는 것만으로도 결과적으로는 능력의 단련이 되지요."

"룽이 주인님이면, 용성군은 네게 있어서 뭐냐?"

"두 분 다 제 주인님이십니다. 용성군님이 큰 주인님이라면 라이 룽님은 작은 주인님이라고 할 수 있지요."

박준환의 철혈궁과는 무척이나 대조적이었다. 철혈궁의 철병과 신장들은 예비 사도인 박준환을 무시하고 대접해 주지 않았지만, 신비경의 영물들은 라이 룽을 진심으로 주인으로 여기고 있었다.

그건 라이 룽의 태도도 마찬가지였다. 아까 전 그녀가 백현에게 보냈던 살기는 진짜였다. 만약 백현이 라이 룽의 소환수들을 죽인다면, 라이 룽은 공동 전선이고 뭐고 다 때려치우고서 백현을 죽이려 들 것이다.

"화장실은 이곳입니다."

긴 복도를 한참이나 걸은 후에야 화장실을 만날 수 있었다. 이 정도면 급한 사람은 화장실에 도착하기도 전에 속옷에 지릴 정도였다.

문을 열고 안으로 들어가니, 백현이 사는 집 거실보다 넓은 화장실과 만날 수 있었다. 백현은 대중탕처럼 커다란 욕조와 번쩍거리는 변기를 보며 헛웃음을 흘렸다.

"이 정도면 화장실에서 살아도 되겠네."

당장 라이 룽과 적대 관계가 될 생각은 없었다.

그녀가 말한 것이 전부 사실이라고 생각하지는 않지만, 적어도 라이 룽이 백현의 목숨을 구했다는 것은 사실이었다.

아소를 통해 불려간 식사 장소는 결혼식을 올려도 될 정도로 커다란 홀이었다.

백현은 홀의 넓이보다는 식사의 스케일에 먼저 놀랐다. 절대로 혼자서 차릴 수 없고, 먹을 수도 없을 다양한 산해진미가 커다란 식탁 위에 가득 올라가 있었다.

"룽. 너, 보기랑 다르게 참 많이 먹네."

천천히 돌아가는 원형 식탁 너머에 앉은 라이 룽을 향해 친한 척 말을 걸었다. 앞으로 며칠일지도 모르고, 한 지붕 아래라고 하기엔 너무 넓은 집이지만 일단 동거를 하게 된 셈 아닌가. 이유야 있겠지만 도움을 받은 입장이니 조금은 친하게 지내볼 생각이었다.

그런데, 저렇게 말을 걸자 라이 룽의 손안에서 금색 젓가락이 우그러졌다. 라이 룽은 얼굴을 일그러뜨리고서 중국어를 내뱉었다. 알아듣지는 못했지만 제스처와 표정, 목소리와 억양이 굉장히 노골적이었다.

"내가 아는 중국어는 니하오마, 쎼쎼, 니씨팔럼아뿐이야."

"형편없군."

자랑이냐? 라이 룽이 정색하고 중얼거렸다.

"한국어도 잘하면서 왜 욕을 중국어로 하는 거야? 할 거면 내가 알아들을 수 있게 해."

"왜 날 그딴 식으로 부르는 거지?"

"이름 세 글자 다 말하는 건 정 없게 들리잖아."

"난 신경 안 써. 백현."

"내 이름은 두 글자고. 불만이면 너도 성 때고 이름만 불러. 현아, 라고."

"안 해."

"난 이렇게 부르는 것이 편해, 룽."

라이 룽이 다시 중국어로 욕설을 내뱉었다.

대화는 거기까지였다. 식사 동안, 라이 룽은 단 한마디도 말을 하지 않았다.

이것저것 집어 먹던 백현은 그득한 포만감에 젓가락을 내려놓았다. 그때까지 라이 룽은 조금씩, 천천히, 계속해서 밥을 먹고 있었다.

"다 먹었으면 네 방으로 돌아가."

"정 없게."

"너와 나 사이에 정이라고 할 것이 필요해?"

"공동 전선을 짜자며? 정이 있어서 나쁠 것 있나?"

"너는 나를 믿냐?"

라이 룽이 어처구니가 없다는 표정을 지으면서 내뱉었다. 실제로 그녀는 백현을 이해할 수가 없었다.

"내가 널 구했던 것은, 필요했기 때문이야."

"마음에 안 든다고 했던 것은 거짓말이고?"

"……그건 사적인 감정이었고, 널 구한 이유의 전부도 아니었어."

"사적으로나마 그런 기분을 느꼈으면 됐어."

백현은 피식 웃으며 대답했다.

벌써부터 라이 룽을 신뢰할 마음은 없다. 하지만, 사적으로 저런 감정을 느꼈음에도 전투에 개입해 도움을 준 라이 룽이 진 웨이보다는 훨씬 호감이 가는 것은 당연한 사실이었다. 게다가 라이 룽은 백현이 만난 최초의 진짜 사도였다.

'그게 룽의 감정인지 용성군의 감정인지는 모르겠지만.'

사도와 군주 간의 연결 고리. 백현은 그게 꽤 궁금했지만, 묻는다고 솔직하게 대답해 줄 것 같지도 않았기에 굳이 질문하지는 않았다.

[재밌는 인간이구나.]

라이 룽은 머릿속에서 용성군의 목소리를 들었다.

신격인 군주와 비교하자면 인간은 티끌만도 못한 존재고, 보통의 인간은 군주를 대면하기는커녕 목소리를 듣는 것조차 힘들어한다. 그렇기 때문에 군주들은 자신들이 만든 어비스의 시스템을 통해 인간과 소통하지만, 완전한 사도인 라이 룽은 언제나 용성군의 육성을 듣고 있었다.

'당신이 신경 쓸 일이 아닙니다.'

[너무 날을 세우지는 말거라. 공동 전선을 생각한 것은 내가 아닌 너였음을 잊은 것은 아닐 테지?]

용성군이 끌끌 웃으며 말했다. 라이 룽은 내색하지 않고서 식사를 계속했다.

'저 혼자서 감당할 수 없는 일이니까요.'

[네게 너무 큰 짐을 지웠음을 안다. 나의 딸아, 저 인간은 높은 가치를 가진 것만큼 위험하기도 해. 마음에 족쇄를 두어 나쁠 것은 없지 않으냐.]

'무슨 족쇄를 말하는 겁니까?'

[감정.]

말뜻을 이해하지 못한 것은 아니었다.

[다행히 저 인간은 네게 어느 정도 우호적인 감정을 가지고 있는 모양이야. 네 하기에 따라서 그걸 족쇄로 만들 수도 있어.]

'내키지 않습니다.'

[선택은 언제나 네 몫이지. 딸아, 나는 네 의지를 존중한단다.]

용성군의 음성은 부드러웠다. 그 말은 거짓이 아니었다. 균형과 질서를 수호하고자 하는 용성군은, 자신의 하나뿐인 사도의 의지를 언제나 존중해 주었다.

[하나 대의를 잊어서는 안 된다.]

'네.'

라이 룽은 젓가락을 내려놓고 몸을 일으켰다. 이미 아까 전에 식사를 끝냈지만, 쭉 라이 룽을 쳐다보고 있던 백현도 함께 일어섰다. 라이 룽은 백현을 힐긋 보다가 몸을 돌렸다. 그러자 공간이 쩍 벌어져 라이 룽의 방과 이어졌다.

백현은 인사도 없이 공간 너머로 사라지는 라이 룽을 보며 쯧쯧 혀를 찼다.

"저어, 혹시나 해서 물어보는데. 주인님께 이성적으로 관심을 갖고 계신 겁니까?"

"이 강아지가 뜬금없이 뭐라는 거야?"

식사 내내 한쪽 구석에서 엎드리고 있던 아소가 백현에게 다가오며 물었다. 백현은 아직 따뜻한 교자 하나를 입에 넣으면서 투덜거렸다.

"아닙니까?"

"아냐."

"맞는 것 같은데……."

"친해져서 나쁠 것이 없는 관계잖아."

"언젠가 적이 될지도 모르는데요."

"날 걱정하는 거냐, 아니면 룽을 걱정하는 거냐?"

"뭐 그런 뻔한 질문을 하십니까? 당연히 제 주인님을 걱정하는 겁니다."

"네 주인이 죽을까 봐?"

백현은 식당을 나서면서 그렇게 물었다. 아소가 눈을 끔벅거리다가 킥킥 웃었다.

"웃으라고 하는 말이죠?"

"받아들이기 나름이지."

"마음을 준 사람을 죽인다면 아무리 주인님이라고 해도 상심하시겠죠."

'그런 걱정이었나.'

백현은 아소의 중얼거림을 들으면서 방으로 돌아왔다. 넓어도 너무 넓은 방은 여전히 적응되지 않았다.

백현은 방 안을 쓱 둘러보다가 창가로 향했다.

어느새 밖은 해가 저물어 밤이었다. 불빛 하나 없는 괴이산의 야경이 섬뜩하게 보였다.

"잠깐."

아소가 기겁하는 소리를 들으며, 백현은 창틀에 발을 올렸다.

"지금 뭐하는 겁니까?"

"밖으로 나가지 말라는 말은 안 했잖아."

당황한 아소가 개가 짖는 것 같은 소리를 냈지만, 백현은 뒤도 돌아보지 않고서 창밖으로 도약했다.

넓고 좋은 방이기는 해도, 결국에는 라이 룽의 저택 안이다. 훤히 노출되는 곳에서 운기조식이나 깨달음을 정리할 수는 없는 노릇이다.

아직 사라지지 않은 통증 덕에 움직일 때마다 몸이 찢어지는 것 같았지만, 백현은 허공을 걷어차 달리면서 기감을 활짝 열었다. 넓은 산 곳곳에 흩어진 존재감들이 잡혔다. 백현은 자신의 기척을 완전히 죽이고 어둠 속에 녹아들었다.

백현이 선택한 가장 안전한 장소. 그곳은 까마득한 절벽의 중간에 난 자그마한 틈이었다. 비집고 들어가기에는 좁았지만, 그렇다면 넓히면 된다. 단단한 바위가 두부처럼 무르게 패이고, 백현은 그 안으로 들어가 가부좌를 틀고 앉았다.

문득, 먼 옛날의 기억이 떠올랐다.

스승의 타혈로 인해 오성이 깨어났음에도, 어린 시절의 기억은 희미했다. 워낙 어렸을 때의 기억이라 어쩔 수 없었다.

그래도, 도저히 잊을 수 없는 기억이 있었다.

네 살 때. 그 시절의 기억은 하나도 나지 않지만, 태어나서 처음으로 크리스마스 선물을 받았던 기억만은 잊을 수 없었다.

자고 일어나니 머리맡에 있던 선물 상자. 어처구니가 없는 것은, 정작 그 상자 안에 뭐가 들어 있었는지는 도무지 기억이 나지 않는다는 것이다.

아마 대단한 선물은 아니었을 것이다. 유치원에도 들어가지 못한 네 살짜리 꼬맹이가 받고 좋아할 만한 선물이라 해봐야 그 시절에 유행하던 변신 로봇 정도겠지. 처음 받은 크리스마스 선물인데도 기억하지 못하는 것을 보면, 변신 로봇만도 못한 것이었을지도 모른다.

그럼에도 확실하게 남아 있는 것은, 잠에서 막 깨어나서 선물을 보았을 때 느꼈던 두근거림. 선물 포장을 뜯으며 안에 뭐가 있을까 상상하던 기대감.

지금 백현은 그 어렸을 때와 마찬가지의 선물 상자를 머릿속에 감추고 있었다. 연리운과 카르파고가 준 선물 상자다. 이 안에 도대체 무엇이 들어 있을까. 어쩌면 내용물은 기대만큼 대단하지 않을지도 모르지만, 선물 상자라는 것은 받아 여는 것만으로도 즐거운 법이다.

백현은 천천히 파천신화공을 운용했다. 내상이 당연한 고통을 유발했지만, 그 순간에 백현은 아픔을 인지하지 못했다.

그는 두근거리는 기대감에 부푼 채 기억 속의 전장으로 부유했다. 육체는 그대로 남아 있어 움직이지 않는다. 떠나는 것은 의식뿐이다. 문제될 것은 없었기에 조급할 이유는 없었다.

의식이 저 멀리 가버린다고 해도, 그 먼 곳을 확실하게 보고 겪고 온다면. 백현은 앞서 나간 심(心)을 뒤쫓아 갈 자신이 있었다.

무공은 심, 기, 체, 셋으로 구성된다. 그것의 균형을 유지해야 한다. 스승에게 항상 들었던 말이다.

마음이 앞서간다면 몸뚱이로 그 먼 경지를 체현하기가 힘들고 내공의 부족함을 느낀다. 내공만 심후할 뿐 의식과 몸뚱이가 받쳐주지 못한다면 돼지 목에 진주 목걸이일 뿐이고, 몸뚱이만 훌륭하다면 결국 속 빈 강정이다.

범인(凡人)의 이야기다. 백현에게는 해당되지 않았다.

백현은 의식 속에서 벽을 보았다. 그 자신이 상상하여 만들어낸 한계의 벽은 이곳저곳 금이 가 있었다.

백현은 뒤를 돌아보았다. 도원경에서 보낸 이십 년 동안 지나온 길이 보였다. 싸우고, 싸우고, 계속 싸웠다. 죽음이 존재하지 않는 그 세계에서 대체 몇 번의 죽음을 겪었는지, 세고 싶은 마음도 들지 않았다.

백현은 먼 곳을 보았다. 이십 년 전의 자신이 우두커니 서 있었다. 타고난 재능도 자각하지 못하고, 그저 하루하루 살아갈 뿐이었던 자신이 멍청한 얼굴로 지금의 백현을 보고 있었다.

무(武)가 무엇인지 모르고 무도(武道)를 걷는 즐거움도 모르던 과거의 백현이 천천히 발을 뗐다. 그 역시 백현 자신이었다. 백현은 과거와 합일된 자신을 음미하며 주먹을 쥐었다.

본좌 역시 아직도 무가 무엇인지 정의할 수 없으니.

스승이 남긴 말이 귓가를 간질였다.

무 그 자체를 즐기면서.

백현은 히죽 웃었다. 천천히 몸을 돌리니, 아직 무너지지 않은 한계의 벽이 반겨주었다. 백현은 양손을 들어 보았다. 하늘을 부수고 신이 되겠다는 무공을 익혔는데, 인간으로서의 한계에 막혀 있는 것은 우스운 일이다.

주먹을 쥐었다. 도원경에서는 죽음이 두렵지 않았다. 죽음이 없는 세계였기 때문이다. 그렇다면 현실에서는 죽음이 두려웠나? 두렵지 않았다. 싸우는 것이 좋았다. 무를 펼치고, 무를 부딪치는 것이 좋았다.

앞으로도 쭉 그럴 것이다. 싫은 것은, 죽는 것이 아니라 더 이상 무를 펼치지 못하는 것이다.

죽지 않으려면 더 강해야 한다.

인간이 약한 것이 아니다. 약한 것은 나 자신이다.

주먹을 앞으로 뻗었다.

툭. 벽과 주먹이 가볍게 닿았다. 균열이 쫘악 퍼지고 한계가 박살 나서, 와르르 무너져 내렸다.

백현의 의식 세계가 크게 부풀어 확장되었다. 그 순간에, 백현은 파천신화공이 육성이 되었음을 알 수 있었다.

흩날리는 벽의 잔재를 지나쳐 앞으로 걸었다. 한계에 막힌 '나'는 과거가 되었고, 백현은 계속해서 앞으로 걸었다.

다음 한계는 보이지 않았다. 지금의 백현에게 한계란 존재하지 않았다. 이 다음의 한계를 만나기 위해서는, 또다시 그럴 만한 적수와 상황을 겪어야 할 것이다.

'아직 멀었어.'

고작 이 정도로 신이 되겠다 떠드는 것은 오만함이다. 파천신화공의 육성은 고작해야 인간에서 한 꺼풀 탈각(脫殼)했을 뿐이다.

백현은 뒤를 힐긋 돌아보았다. 그의 뒤에는 이제 아무것도 없었다.

"막상 지나면 별거 아니란 말이지."

열어 본 선물 상자 안에는, 기대했던 것만큼이나 멋진 것이 가득 들어 있었다.

3장
가면

직접 파서 들어가 있던 암굴에 빛이 비쳐 들어오고 있었다. 백현은 감고 있던 눈을 뜨고, 몇 번 깜박거렸다. 방금은 무아(無我)였나?

'아냐.'

그 순간에도 그는 틀림없는 백현 자신이었다.

생각보다 시간은 오래 걸리지 않았다. 어둠을 비추는 빛은, 밤이 지나 찾아온 여명의 빛이었다.

백현은 손을 들어 자신의 얼굴을 어루만졌다. 뺨을 더듬는 손끝에 뭉개진 각질이 밀려 나왔다. 환골탈태한 것은 아니었지만, 마치 환골탈태를 한 것 같은 기분이었다.

백현은 암굴 속에서 나와 쭉 기지개를 켰다. 멀리 떠 있는 태양이 환했지만, 그는 눈을 감지 않고서 잠시 그것을 바라보았다.

백현은 천천히 고개를 들었다. 하늘 위에 라이 룽이 있었는데, 그녀의 발아래에는 찬란한 자주색 깃털을 가진 대붕(大鵬)이 있었다. 처음 보는 소환수였지만, 겉모습이나 느껴지는 힘으로 봤을 때, 하미르와 비교해도 아래가 아니었다.

"보고만 있던 것은 의외인데."

백현은 라이 룽을 올려 보면서 웃었다.

그 말을 들은 라이 룽의 눈썹이 찡그려졌다. 아소에게서 백현이 방을 나갔다는 이야기를 듣고, 괴이산 전체를 뒤졌다. 제법 시간이 걸리기는 했지만, 찾기는 진즉에 찾았다.

그건 백현도 느끼고 있었다. 의식 세계에서 라이 룽이 가까이 오는 것을 느꼈다. 만약 라이 룽이 해서는 안 될 짓을 하였다면, 백현은 미련 없이 그곳에서 빠져나왔을 것이다.

하지만 라이 룽은 백현을 자극하지 않고, 그가 심득을 정리하고 스스로 눈을 뜰 때까지 기다려 주었다.

"……중요한 순간 같았거든. 방해해야 했나?"

"그랬으면 내가 화를 냈겠지."

라이 룽이 쳐다만 보고 있었다는 것이 조금은 의외였지만, 그녀의 그런 행동은 꽤 마음에 들었다.

덕분에 백현은 시간을 버리지 않고 심득을 정리해 육성으로 이어지는 벽을 허물 수 있었다.

[방해했어야 해.]

자화봉(紫火鳳), 해사리가 말했다.

[절호의 기회였어.]

'그럴 이유가 없었어.'

[주인. 고작 반나절 만에 저 인간이 얼마나 강해졌는지 모르겠어?]

해사리가 답답하다는 듯 내뱉었다.

그럴 만도 했다. 이전에도 인간을 아득히 초월한 강함을 지니고 있었는데…….

라이 룽의 침묵에 해사리가 계속해서 말했다.

[나는 모르겠어. 공동 전선? 좋지. 우리에게는 적이 너무 많으니까, 하지만 주인, 그걸 잊어서는 안 돼. 결국, 최후까지 살아남는 것은 우리뿐이어야만 해.]

'나도 알아.'

[무슨 뜻인지 알겠어? 앞으로 가야 할 길에서 누구랑 손을 잡을지는 주인이 선택하는 것이지만, 마지막에는 주인 혼자 서야 하는 거야. 그때 곁에 누군가가 있다면, 주인이 직접 그 누군가를 죽여야 해.]

해사리는 그렇게 말하면서 백현을 살피듯 내려 보았다.

[편하게 죽이기 위해서는 주인보다 약한 놈을 동료로 삼아

야 해.]

'저 인간이 나보다 강하다고 생각해?'

[물론 그건 아니지. 확실한 기회를 놓친 것이 아쉬울 뿐이야.]

해사리가 한 꺼풀 꺾인 목소리로 대답했다.

라이 룽은 걸친 재킷의 주머니에서 핸드폰을 꺼내 백현에게 던졌다.

"개통은 해뒀으니 쓰는 데 불편함은 없을 거야."

"국제 전화는 비싼데."

"전화할 사람이 많은가 봐?"

라이 룽은 별생각 없이 던진 질문이었지만, 백현은 꿀 먹은 벙어리가 되었다. 예측하지 못한 팩트 폭력에 가슴이 조금 쑤셨다. 얕디얕은 인간관계를 가진 백현에게 연락할 상대는 서민식과 정수아 둘뿐이었다.

라이 룽은 입을 다문 백현을 보고서 고개를 갸웃거렸다.

"왜 그러지?"

"……아니, 아무것도 아냐."

백현은 핸드폰의 액정을 켜서 서민식과 정수아에게 문자를 보냈다. 기분 전환 삼아 해외여행을 떠났으니까 너무 걱정하지 말라는 내용이었다.

돌아간 뒤에 서민식에게 된통 욕을 처먹겠지만, 그렇다고 솔직하게 말해서 괜한 걱정을 끼치고 싶지는 않았다.

"앞으로 어쩔 거야?"

"무슨 말이냐?"

"공동 전선이라며? 계획 같은 거 없어?"

"……무령의 타락 시점을 예측하는 것은 불가능해."

라이 룽이 고개를 저었다.

"군주의 영지는 어비스와 걸쳐진 외차원에 있고, 군주의 신격에 따라 성역(聖域)으로 완성되어 있어. 아무리 사도라고 해도 타 군주의 영지를 훔쳐보는 것은 불가능하다."

"그럼 어쩔 건데? 무령이 타락할 때까지 기다리기만 할 거야?"

"……뭔가 착각하고 있군."

긴 한숨을 내쉰 라이 룽이 해사리와 함께 백현이 선 곳까지 내려왔다. 라이 룽은 백현의 두 눈을 물끄러미 바라보면서 말을 이었다.

"용성군과 계약하고, 사도가 된 나로서는 절대로 무령의 영지에 들어갈 수 없다는 말이야. 나뿐만이 아니라, 다른 군주를 섬기는 모든 헌터와 사도는 성역으로 완성된 타 군주의 영지에 들어갈 수 없다고."

그것이 백현이 특별한 이유 중 하나였다.

백현은 그 어떤 군주도 섬기고 있지 않다. 그 말인즉, 문만 열린다면 모든 군주의 영역에 들어갈 수 있는 프리패스권을 가지고 있다는 말과 똑같았다.

"그래서 나는 무령을 죽일 수 없는 거야. 죽일 수 있을지도 의문이지만."

백현은 잠깐 생각에 잠겼다. 할 수 있는 것과 할 수 없는 것을 잠시 고민하고서, 백현은 고개를 들었다.

왕좌는 비어 있었다. 굳게 닫힌 문 너머에서 들리는 목소리가 참 멀었다. 듣고 싶지도 않았다.

무령은 꿈틀거리는 어둠 속에서 웅크리고 앉았다.

쿵, 쿵.

질리도록 들어온, 철문을 두드리는 소리에 누군가의 목소리가 섞여 있었다. 호법신장의 목소리였다.

한때 자신의 아들이었던 존재……. 오, 제발.

무령은 욱신거리는 머리를 움켜쥐었다. '그'라는 존재의 태반을 잠식해 버린 혼돈은, 무령이 떠올리고 싶지 않은 기억을 억지로 꺼내서 무령에게 비쳐주었다.

"부끄럽다고 생각하는 겐가?"

아들이 싫었다. 증오스러울 정도였다. 아들을 낳은 아내를 사랑하지도 않았다. 신교의 넘쳐나는 궁녀 중 하나가 운 좋게 천마의 씨를 받아 잉태했을 뿐이었다.

처음으로 본 자식도 아니었다. 무령, 그가 인간이었을 적. 연철휘라는 이름을 쓰던 인간이었을 적에, 그에게는 수많은 자식이 있었다. 많고 많은 자식이 하나 더 늘어났을 뿐. 처음에는 그렇게 생각했다. 그러나 생각이 바뀌는 것에 그리 오랜 시간은 걸리지 않았다.

"그만……."

혼돈이 기뻐하는 것이 느껴졌다. 무령은 얼굴을 일그러뜨리면서 머리카락을 쥐어뜯었다. 하지만 떠오른 기억은 멈추지 않았다.

아들이 싫었다. 아비보다 더한 재능을 타고난 아들이 싫었다. 완벽한 아들이었다. 언제나 신교를 위했고, 아비를 위해주었다. 차라리 아주 어린 시절에 알아보고 죽였더라면 괴로움이 덜했을까.

정말 같잖게도 아비의 마음을 갖게 되었다. 아들이 타고난 재능을 시기하고, 하루가 지날수록 성취를 거두는 아들을 미워하면서도. 마음 한구석에서는 뛰어난 아들을 자랑스레 여기는 아비로서의 연철휘가 있었다.

그래서 죽이지 못했다. 죽일 수가 없었다. 아침 문안 인사를 올리러 오는 아들을 볼 때마다 가슴 깊은 곳에서 살심이 솟구쳤으나, 그 살심을 행동으로 바꾸지는 못했다.

"부끄러이 여길 필요 없네. 질투심은 누구나 가지고 있는 것이니 말이야."

껄껄 웃는 목소리가 어둠을 뒤흔들었다. 그 웃음은 철문 너머에서 들리는 연리운의 목소리가 아니었다.

"아버지."

연리운은 철문 밖에서 무령을 그렇게 부르고 있었다.

무령은 아랫입술을 뿌득 씹었다. 터진 입술에서 시커먼 피가 폭포수처럼 흘러내렸다.

"넌……."

무령은 피비린내 나는 숨결을 헐떡거렸다. 떠올리고 싶지 않은 기억들. 추하기 그지없는, 인간이었을 때의 기억. 저것들을 볼 때마다 무령의 존재를 잠식하고 있는 혼돈이 강해졌고, 방 안을 가득 채운 어둠이 들끓었다.

"누구냐……?"

들어본 적 있는 것 같기도 하고, 들어본 적 없는 것 같기도 한 목소리였다.

무령은 자신의 기억을 믿을 수가 없었다. 애초에 지금 고통을 겪고 있는 '나'는 누구란 말인가? 천마신교의 교주였던 천마 연철휘인가, 철혈궁의 궁주인 무령인가?

"둘 중 무엇도 아닐세."

그 목소리가 무령의 정신을 멍하게 만들었다.

"자네는 한때 천마 연철휘였을지도 몰라. 하지만 인간인 연철휘가 싫어, 결국에 그를 포기하기로 선택한 것은 바로 자네였지."

초조했다. 세월이 흐를수록 무공의 성취는 더뎠다.

천마 연철휘는 자신이야말로 역대 천마 중 가장 뛰어나다는 자부심으로 가득 찬 인물이었다. 그건 실제로 사실이었으나, 연리운이라는 아들이 태어나 자라면서 사실이 아니게 되었다.

"그렇다고 자네가 철혈궁의 궁주인 무령인가? 그래, 한때 자네는 무령이었을지도 몰라. 수십만 혼을 갖다 바쳐, 불멸자의 몸뚱이와 어설픈 신격을 얻은…… 무령. 하지만 욕심이 과했지, 욕심이 과했어. 차라리 본래 세상에 남아 있었다면……."

천마신교가 믿고 있는 교리가 우습기 짝이 없는 거짓임은 청년 시절부터 알고 있었다.

무공을 익혀서 신이 된다고? 인간이 어찌 신이 될 수 있단 말인가. 그것은 진즉부터 알고 있었으나, 그것에 배신감을 느끼지는 않았다. 결국, 무림 제일이 된다면 인세에서 신과 같은 영화를 누리는 것은 사실이었으니.

하지만 나이를 먹어갈수록. 증오스럽고 자랑스러운 아들이 점점 뒤를 따라오고, 정작 아비인 자신이 늙고 노쇠해짐을 느껴갈수록. 견딜 수가 없었다.

고금제일이라는 칭호는 오직 자신의 것이어야만 했다. 만약, 정말로 인간이 무공을 익혀서 신이 될 수 있다면? 역대 천마들도, 연철휘 자신도, 단지 부족했을 뿐이라 신이 되지 못했던 것이라면? 자신의 아들이 진짜 신이 됨으로써 그를 증명한다면? 가슴 깊은 곳에 증오와 함께 뿌리내린 광기의 씨앗이 꽃으로 만개했다.

천마 연철휘는 세상을 뒤져 신이 되기 위한 방법을 모색했다. 역대 천마를 모시던 사당을 박살 내고 원로원을 몰살시켰다. 정작 아들은 죽이지 못했으면서. 결국에는 광기 어린 화풀이였다.

방법을 찾는 것에 성공했다. 무공이 아닌 전혀 다른 방법. 평생 거들떠보지도 않았던, 마도사와 술법사 따위들이 익히는 사법이 길을 열어주었다.

스스로를 마신(魔神)이라 칭한 사악(邪惡)의 존재는 많은 목숨을 바칠 것을 요구하였고, 연철휘는 거리낌 없이 수십만에 달하는 교도의 목숨을 바쳤다.

"자네는 인간이라는 종에 한계가 있다고 생각하고, 그래서 인간을 포기했다고 말하지만. 그건 거짓말이잖나. 자네는 그저 도망쳤을 뿐이고, 한계를 넘지 못한 것은 인간이 아닌 자네였어."

무덤덤한 목소리가 질책했다.

"자네는 아들의 자유마저 빼앗았지. 아들이 인간으로 남아, 언젠가 자네가 도달하지 못한 곳에 가게 되는 것이 두려워서 말이야. 결국, 자네와 자네보다 뛰어났던 아들. 그리고 평생 자네를 따르던 이들은, 영원토록 자네의 울타리를 벗어날 수 없게 되었어. 그게 자네가 바란 것이었으니까."

"닥쳐라……!"

무령은 발끈하여 일갈했다. 그리고 손을 휘둘러 어둠을 걷어내려 했으나, 어둠은 걷히지 않았다.

더욱 강렬해진 두통이 정신을 괴롭혔다. 무령이 살며 쌓아온 기억과 역사. 그 모든 것은 혼돈의 앞에서 무의미했다.

무령은 자신의 자아(自我)가 혼돈에게 삼켜지는 것을 느꼈다. 그것이 바로, 신격에 이른 존재들이 죽음보다 더 두렵고 끔찍하게 여기는 타락. 무령은 그를 예감하고서 두려움에 몸을 떨었다.

"내가 누구인지가 중요한 것은 아니잖나."

어둠 속에서 목소리의 주인이 모습을 보였다. 그는 아무 무늬 없이 새까만 가면을 쓰고 있었다.

뒷짐을 지고 걸어 나온 남자가 고개를 천천히 저으며 말했다.

"내가 누구인지보다는, 자네가 누구인지나 생각해 보게."

무령은 더 이상 말하지 못했다. 그는 짐승의 울음 같은 신음을 흘리며 머리를 감싸 쥐고 웅크렸다.

방 안을 가득 채운 어둠이 무령에게 흘러 들어갔다. 남자는 잠자코 그것을 보면서 중얼거렸다.

"어쩌면 자네도 나처럼 될 수 있을지도 모르니까."

남자는 무령이 신음하는 것을 물끄러미 보았다.

말은 저렇게 했지만, 남자는 무령이 자신과 같은 존재가 될 수 있으리라는 기대는 애초부터 하지 않았다. 혼돈의 이해(理解)와 융화(融和), 합일(合一)은 존재가 쌓은 격의 문제가 아니다. 굳이 말하자면 침략을 당하느냐, 하느냐의 차이인 것이다.

'망가지겠지.'

남자의 침묵 속에서 무령은 계속 알 수 없는 말을 중얼거리고 있었다. 그것을 들으며, 남자는 쿵쿵 울리는 철문을 힐긋 보았다.

호법신장 연리운. 무령의 아래에 있기 아까운 재능을 가진 권속이었으나, 머지않아 모시는 군주와 함께 자아를 잃은 괴물이 될 것이다.

안타까운 일이지만 남자가 알 바는 아니었다. 결국, 무령이 존재하는 한, 연리운의 파멸은 이미 결정되어 피할 수 없는 일이다.

"호오."

조금 뒤, 남자가 놀란 소리를 내었다. 그는 손을 들어 텅 빈 허공을 어루만졌다. 희미한 어둠이 일렁거리다가 갈라지고, 철혈궁 바깥을 비추었다.

'놀랍군.'

남자는 가면 너머에서 미소 지었다. 처참한 대지 위에 백현과 라이 룽의 모습이 보였다.

고작 며칠이 지났다. 그만큼이나 곤욕을 치렀으니 다시는 오지 않을 것이라 여겼는데……. 아무래도 저 인간은 남자의 상상 이상으로 미쳐 있는 모양이었다.

"이봐."

남자는 중얼거리는 무령을 향해 툭 말을 던졌다.

"자네가 경멸하고 증오하는 또 한 명의 인간이, 다시 어비스에 들어왔군."

무령은 대답하지 않고, 여전히 알 수 없는 말을 중얼거렸다. 그럴 때마다 어둠이 준동하면서 무령의 자아를 침식해 갔다.

대답이 돌아오지 않았음에도 남자는 말을 멈추지 않았다.

"무(武)의 총애라는 것, 나는 잘 모르네. 하지만 이것 하나는 알겠어. 그 총애라는 것은 자네보다는 자네의 아들과 저 인간이 타고난 것이야. 나는 무의 총애는 모르지만, 자네의 기분은 알고 있네. 열등감이 증오가 되고, 살의가 되고……. 자네는 인간성을 경멸하였으나 결국에는 그 인간성 때문에 아들을 죽이지 못했지."

남자는 그렇게 말하며 오른손을 들어 앞으로 펼쳤다. 손바닥 주변에 원형의 진이 펼쳐지고 그 바깥에 기하학적인 문자가 그려졌다.

"무령이 되면서, 자네는 인간성을 완전히 버렸다고 생각했지만…… 그건 아니야. 존재의 본질이라는 것은 버리고자 한다고 해서 쉽게 버릴 수 있는 것이 아니거든. 결국, 자네는 한때 인간이었던 존재인 데다, 스스로 신격을 쌓은 것도 아니라 불완전하기 짝이 없어. 그래서 혼돈의 근원을 그리도 탐냈던 것이겠지만…… 뭐, 그건 이해하지. 이해할 수 있어. 아, 이건 확실하게 말해야 할 것 같군. 나는 자네를 꽤 좋아한다네."

우우우.

공간이, 아니, 차원이 크게 흔들렸다. 철혈궁이 존재하는 외차원과 어비스가 존재하는 차원이 서로 공명했다.

남자는 가면 너머에서 잔잔한 미소를 지었다.

"탐욕에 눈이 멀어 발악하는 자네가 무척 좋았어. 그래서 지금도 자네를 도와주려고 하는 거야."

차원과 차원이 연결되었다.

"자네가 그토록 죽이고 싶던 인간. 무의 총애를 받는 인간. 그 인간의 죽음을 본다면, 자네는 무도(武道)라는 미련을 버리고서 혼돈을 품을 수 있을지도 모르지."

사실 대책은 없었다. 어비스로 돌아간다고 해서 무령의 타락을 막을 수 있는 확실한 방법이 생기는 것은 아니다.

하지만 그건 현실의 괴이산에 있어도 마찬가지였다. 오히려 어비스에 있는 편이 현실에 있는 것보다는 뭐라도 해볼 수 있을 것이다.

'그때, 연리운은 나를 죽이고 싶지 않아 했어.'

연리운의 행동은 무령의 강요에 의한 것이었다. 어쩌면 이번에도 무령은 연리운을 보내 백현을 죽일지도 모른다. 그래서 다시 어비스에 들어왔다.

라이 룽은 멀찍이서 기척을 감추고 숨어 있었는데, 그녀의 은신은 백현으로서도 눈치채기 힘들 정도로 은밀했다.

신비경의 다양한 괴물들을 소환해, 그들의 능력을 빌려 사용하는 라이 룽은 사도 중 누구보다도 능력의 사용범위가 넓었다. 물론 그만큼의 리스크는 있겠지만, 백현은 알 수 없었다.

'할 수 있는 것.'

그리고 할 수 없는 것.

이곳에 들어오기 전에, 백현은 잠시 그것에 대해 고민했다. 며칠 전의 백현은 연리운을 상대로 확실한 승기를 잡을 수 없었으나, 그것은 어디까지나 며칠 전의 백현일 뿐이다. 지금은 파천신화공 육성이 되어 한 꺼풀 탈각을 이루었다.

하지만 백현의 목적은 연리운을 죽이는 것이 아니라, 놈을 제압해 사로잡는 것이었다. 우선 그렇게 한 뒤에 설득이든 뭐든 해서 무령의 상태를 확실히 알고, 그다음의 방법을…….

"……응?"

감지한 순간, 차원이 흔들렸다. 공간보다 아득히 넓은 차원의 공명은 백현의 감지 영역을 넘어서 있었다. 그간 살아오며 다양한 경험을 해온 백현으로서도 이와 같은 경험은 처음이었다.

그렇기에 순간적으로 당황할 수밖에 없었다.

찰나의 순간에, 백현은 도대체 무엇을 해야 할지 고민했다. 이탈? 방어? 결국, 동시에 했다. 순식간에 만연비궁이 펼쳐져, 만개의 꽃잎이 백현을 감쌌다. 그리고 삼계유희를 펼쳐 땅을 박찼다.

"뭐야?"

멀찍이서 백현을 살피고 있던 라이 룽도 당황해서 외쳤다.

차원침식? 다른 세계도 아니고 어비스에서 차원침식은 절대로 일어날 수 없는 일이다. 혼돈으로 가득 차 있는 이 세계, 마도(魔道)를 통해 신격을 이룬 군주라 할지라도 어비스에서 차원침식을 일으키는 것은 불가능하다.

[백현!]

다급한 외침이 하미르를 통해 텔레파시가 되어 백현에게 전해졌다.

라이 룽은 즉시 하미르와 함께 공간을 뛰어넘어 백현이 있는 곳으로 향했다.

[그만둬라.]

라이 룽의 머릿속에서 용성군이 경고했다.

[딸아, 너도 휘말리게 될 것이다.]

라이 룽이 멈추기 전에 하미르가 먼저 멈췄다.

우우우웅!

커다란 진동 뒤에 일어난 파장이 라이 룽의 몸을 뒤로 밀어냈다.

그리고 백현은, 우두커니 서 있었다.

생전 처음 겪는 미지의 공격이라고 생각했는데, 만연비궁의 꽃잎은 한 조각도 뭉개지지 않았다. 다만, 짧은 순간 느꼈던 위화감이 무척이나 강렬했다. 하지만 낯설지는 않았다. 언젠가 느껴보았던 것만 같았다.

'맞아. 도원경에 처음 들어갔을 때…… 그리고 어비스에 들어올 때랑 비슷해.'

공간침식을 경험한 것은 처음이었지만, 그 뒤의 부유감은 몇 번 겪어본 적이 있었다. 퓨어세인트의 천국에 들어갔을 때도 비슷한 느낌이었다.

설마. 백현은 헛웃음을 흘리며 만연비궁에 사용한 내공을 단전으로 되돌렸다.

생전 처음 보는 풍경이 펼쳐져 있었다. 백현은 드넓은 황무지와 높은 곳에서 작열하는 태양을 올려다보았다. 황무지의 건너편에는 강철색의 높은 성벽이 군건함을 과시하고 있었다. 백현은 잠시 두 눈을 끔벅거리며 그곳에 서 있었다.

"……여긴 또 어디야?"

그렇게 중얼거리기는 했지만, 사실 알고 있었다. 이렇게까지 노골적인데 모르는 것이 우스운 일이다. 이곳은 현실도 아니었고, 어비스이되 어비스가 아닌 장소였다. 그렇다면 이곳이 어디인지는 뻔한 일 아닌가.

대체 왜? 마지막에 들었던 라이 룽의 목소리를 떠올렸다. 그 순간에 그녀는 진심으로 당황해하고 있었다.

'철혈궁이군.'

백현은 멀리 보이는 성벽을 보았다. 화천 어비스의 차단벽만큼이나 높은 성벽의 위에는 아무도 없었다. 하지만 기감을 펼쳐 그 너머를 살피니, 굉장히 많은 기척이 느껴졌다.

백현은 슬쩍 뒤를 돌아보았다.

혼자서 저곳으로 쳐들어가는 것은 고민하지 않아도 알 수 있는 미친 짓이었다. 저곳에서 득실거리는 철병은 문제가 아니었다. 저 성안에는 연리운과 무령이 있을 것이다.

그런데 왜 이리 가슴이 설레는지.

"……아무리 그래도 이건 좀……."

쿠구구궁.

백현의 중얼거린 순간, 닫혔던 성문이 열리기 시작했다.

쿠우웅!

미동도 하지 않던 철문이 열렸다. 건너편에서 문을 박살 내기 위해 무공을 쏟아내던 연리운이 열린 문틈으로 뛰어 들어왔다.

'헉!'

왕좌의 방으로 들어온 순간, 연리운은 농밀한 어둠에 숨이 턱 막히는 것을 느꼈다. 여태까지 몇 번이나 이 방에 들어왔었지만, 이런 기분은 처음이었다.

연리운은 몇 걸음 앞으로 가지 못하고 주저앉을 뻔했지만, 간신히 무릎에 힘을 주어 버텨냈다.

'이게 대체…….'

한 치 앞도 보기 힘든 어둠 속에서, 연리운은 무령을 찾았다. 혼돈에 침식된 후로 무령은 언제나 왕좌에 웅크리고 앉아 있었다. 연리운은 잘 보이지 않는 눈을 부릅뜨고서 왕좌 쪽을 보았다.

왕좌에는 무령이 아닌 전혀 다른 인물이 앉아 있었다. 연리운은 새카만 가면을 쓴 남자를 보고서 그대로 굳어버렸다.

남자도 연리운을 보고서 살짝 놀랐다. 신격도 이루지 못한 존재가 이곳에서 움직일 수 있다니.

"아비보다 낫군."

"넌…… 누구냐……?"

연리운은 더듬거리며 물었다. 믿을 수 없는 일이었다. 저 존재는 무령 이상의 신격을 이룬 존재였다. 그런 존재가 어떻게 무령이 만든 성역인 철혈궁에 들어올 수 있단 말인가?

하지만 남자는 연리운의 질문에 대답해 줄 생각이 없었다. 그는 가면 너머에서 빙그레 웃으면서 왕좌에서 몸을 일으켰다.

"아비를 걱정해서 온 겐가?"

"누구냐고 물었다……!"

"내가 누구인지가 중요한가?"

"여기서 무엇을 하고 있……."

"자네를 상대할 시간은 없네."

남자가 손을 들어 올렸다. 그러자 방 안을 가득 채운 어둠이 요동치더니 연리운을 휘감았다.

아무리 연리운이라고 해도 그 어둠의 주박에서 벗어나는 것은 불가능했다. 연리운은 헉하고 숨을 삼키며 몸을 비틀어 빠져나가려 했지만, 그럴수록 어둠이 단단하게 죄어와 연리운을 꽉 옥죄였다.

그 순간이었다.

"개……."

연리운을 옥죄고 있는 것보다 더욱 진한 어둠 속에 웅크리고 있던 무령의 입술이 파들거리며 열렸다.

“……개문(開門).”

쿠르르릉!

굳게 닫혀 있던 철혈궁의 성문이 열렸다.

남자는 웃음을 터뜨리며 무령을 돌아보았다. 그의 눈은 흥미롭다는 듯 빛나고 있었다.

연리운의 얼굴이 일그러지는 순간, 그의 머릿속에 무령의 의지가 전해졌다.

[여기로.]

그것을 전해 들은 남자가 큰 소리로 웃었다. 그가 손을 휘젓자 연리운을 주박하고 있던 어둠이 흩어졌다.

땅에 내려온 연리운은 휘청거리는 몸을 바로 세우며 떨리는 눈으로 무령을 보았다. 어둠 속에 웅크린 무령은 연리운에게 시선 한 번 주지 않았다.

“……그토록…… 죽이고 싶은 겁니까?”

연리운은 처참한 기분으로 물었다. 그 질문에도 무령의 답은 돌아오지 않았다.

대신에 가면을 쓴 남자가 웃으며 말했다.

“죽이고 싶은 것이 당연하잖나. 자네의 아비가 신격으로서 붙인 신명이 바로 무령(武靈)이야. 무도를 포기하고 도망친 주제에, 그래도 무를 포기하지 못해서……. 하하, 비참한 일이지만 저 비틀린 아집이야말로 지금의 그를 존재하게 하는 광기의 근원이지. 한데 그 인간은 스스로 무의 총애를 말한 것도 모자라, 여태까지 몇 번이나 자네의 아비를 모욕했어."

그렇게 말하고서, 남자가 천천히 어둠 속으로 물러섰다.

"이미 자네도 알잖나. 자네가 어린 시절 존경하던 아버지는 이미 오래전 파괴되어 버렸다는 것을. 지금 이곳에 있는 것은 자네의 아비였던 연철휘가 아니라 무령이고…… 이제는 무령이라 할 수도 없는 존재가 되어가고 있지. 그렇다면 지금의 자네는 무언가? 천마신교의 소교주 연리운인가, 철혈궁의 호법신장인가?"

빠드득. 연리운은 어둠 속에서 둥둥 떠다니는 가면을 노려보며 이를 갈았다.

"그 둘은 다르지만, 자네가 해야 할 일은 결국 똑같지. 소교주 연리운은 아버지의 명령을 거역할 수 없으니 저 인간을 잡아 데리고 와야 할 것이고, 호법신장도 무령의 말을 거역할 수 없으니 저 인간을 잡아 데리고 와야 해."

"……대체 넌 누구고…… 뭘 바라는 거냐……?"

"같은 처지의 친구 하나 없는, 외로움 많이 타는 늙은이라 대답하면 만족하겠나?"

연리운은 저 가면을 박살 내고 싶다는 충동을 느꼈다. 그는 한동안 가면을 노려보다가 천천히 고개를 돌려 무령을 보았다.

그런 연리운을 향해서 남자가 큭큭 웃으며 말했다.

"연철휘가 자네를 시기하고 증오했던 것은 알고 있나?"

느끼지 못했을 리가.

연리운은 대답 없이 몸을 돌렸다.

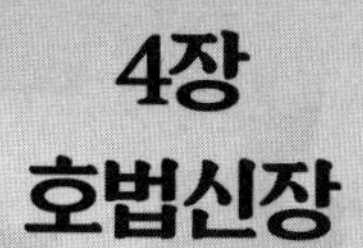

4장
호법신장

활짝 열린 성문에서 인간과 흡사한 외모를 가진 괴물들이 쏟아져 나왔다. 모두가 한때 인간이었던, 천마신교의 고수들이었다. 성문을 뛰어나온 그들은 조금의 머뭇거림 없이 백현이 선 방향으로 악을 쓰며 질주해 왔다.

"뭐야?"

그 저돌적인 맹진을 보며 백현은 어이가 없다는 투로 중얼거렸다. 수백에 달하는 괴물들은, 모두가 똑같이 노골적인 살기를 내뿜고 있었다.

'아직 아무것도 안 했는데?'

싸울지 말지 고민하고 있었는데, 저쪽에서 먼저 죽이자고 달려오니 억울한 기분까지 들었다.

백현은 눈썹을 찡그리며 파천신화공을 운용하고, 전신에 학살무도강을 휘감아 전투를 준비했다. 이렇게 다짜고짜 싸우게 되는 것에 대해서 여러 가지 기분이 들었다.

아무리 그래도 이건 좀 너무하지 않은가, 하는 기분과.

'잘 됐다.'

그런 기분.

이렇게 된 이상 어쩔 수 없는 일 아닌가? 대체 왜 자신이 철혈궁 안으로 들어오게 된 것인지는 알 수 없었으나, 백현은 이 공간에서 탈출할 방법이 없었다.

그렇다면 앞으로 나아갈 수밖에 없다. 백현은 설레는 흥분을 즐기며 공중으로 붕 떠올랐다. 이건 틀림없는 위기 상황이었지만, 백현에게 있어서 위기는 즐거운 기회였다.

우우웅!

백현의 주변에 수십 개의 강기구가 떠올랐다.

천상기린의 조련유린.

파천신화공이 육성에 올랐다는 것이 확실히 체감되었다. 백현이 펼치는 무공은 이전보다 더욱 빠르고 강했다.

파바바박!

백현의 의지에 따라 수십 개의 강기구가 앞으로 쏘아졌다. 하늘을 가로지른 강기구가 달려오는 철병들의 머리 위에서 멈췄다. 그리고 폭격이 시작되었다. 조련유린의 강기구가 번쩍이는 빛을 난사하며 아래를 휩쓸었다.

철혈궁의 철군들. 그들은 인간이었을 적에 모두 천마신교의 고수들이었다. 사신장에 비할 바는 아니지만, 그들 모두가 높은 수준에 도달한 고수였다. 거기에 인외의 육체가 더해지면서 수백 년의 시간이 흘렀으니, 각자가 인간이었을 때보다 강해진 것은 지극히 당연한 사실이었다.

머리 위에서 낙하하는 빛을 피해 철군들이 흩어졌다.

백현은 그들의 움직임을 놓치지 않고 조련유린을 조종했다. 수십 개의 강기구가 각자 다른 방향으로 움직이며 빛을 난사했다. 백현은 공중을 박차 앞으로 뛰어들어 갔다.

저만큼 많은 무인과 싸운 적이 있던가?

없다.

수십 명과 싸운 적은 있었어도 수백 명과 싸우는 것은 이번이 처음이다. 저들 개개인은 백현과 비교도 안 될 정도로 약하지만, 수백 명이라는 숫자가 백현을 설레게 만들었다.

백현은 순식간에 철병들에게 당도했다. 조련유린의 빛을 피하던 철병이 백현을 보고서 높이 도약했다. 놈은 커다란 아가리를 쩍 벌리며 외쳤다.

"군주께서 널 데려오라 하셨다!"

'날 철혈궁으로 데리고 온 게 무령인가?'

라이 룽은 용성군과 계약한 자신은 타 신격인 무령의 성역에 들어갈 수 없다고 했었다.

하지만 이렇게 강제로 데리고 올 수 있었다면, 왜 진즉에 이런 식으로 데려오지 않았던 걸까? 이런 식으로 납치해 오는 것이 가능했다면 유기나 제종이 죽기 전에 데려왔으면 될 일인데.

그런 의문을 품으며 백현은 허리를 꺾었다.

도약한 철병은 쩍- 벌린 아가리와 날카롭고 촘촘한 이빨로 백현을 물어뜯으려 했지만, 휘둘러 찬 다리가 놈의 머리를 퍽 하고 부숴 버렸다.

연녹색 피가 피 보라가 되어 허공에 비산했다.

백현은 그것을 뚫고 앞으로 나아가며 양손을 펼쳤다. 하늘을 돌아다니며 빛을 난사하던 조련유린의 강기구가 서로 뭉쳤다. 그렇게 두 개의 거대한 강기구가 만들어졌다. 백현이 양손을 아래로 내리자, 강기구가 추락하여 땅으로 떨어졌다.

철병들은 각자의 경공을 펼쳐 그 반경에서 벗어났다.

"유아백탈."

손을 움켜쥐었다. 강기구에서 쏘아진 수백 개의 바늘이 철병들을 덮쳤다. 미처 피하지 못한 철병 수십이 온몸에 바늘이 꿰어져 죽어버렸다. 그 즉시 유아백탈의 강기구가 사라지고, 양의무극회환을 통해 백현의 단전으로 되돌아왔다. 백현은 단전의 충만함을 느끼며 히죽 웃었다.

꽈아앙!

백현의 몸이 아래로 떨어졌다. 그것만으로 지면이 뒤집혀 박살 났다. 몰아치는 폭풍에 철병들의 몸뚱이가 하늘을 날았다. 백현은 큰 소리로 웃으면서 발로 땅을 밀어 찼다.

뛰어든 놈이 맹렬히 칼을 휘두른다. 백현은 손으로 그 칼을 박살 내고 놈의 양팔을 분지른 뒤 놈의 몸뚱이를 수도로 끊었다.

그를 지나치니 큰 도끼가 밀어 닥쳤다. 부드럽게 뻗은 손이 도끼날과 닿자, 도끼의 궤적과 그를 휘두른 놈의 몸뚱이가 꽈배기처럼 팽그르르 꼬아졌다.

수백으로 분영한 창이 보였다. 그 모두가 실이라 해도 결국에는 하나의 창으로 만들어낸 변화, 나머지는 기공으로 만들어낸 조화일 뿐. 슬쩍 본 것만으로 허실을 파악하고, 손을 밀어 넣어 창을 붙잡아 당겨보니 창을 든 놈이 딸려오며 당황한 표정을 지었다.

창 채로 놈을 잡아서 휘둘렀다. 등 뒤에서 휘두른 대도에 놈의 몸이 두부처럼 썰렸다. 그러자 결국 창만 남았다.

백현은 손에 들어온 창을 보며 히죽 웃었다. 이건 꽤 괜찮은 유흥이다 싶었다.

파악!

창이 철병의 몸을 꿰뚫었다. 백현은 찌른 창을 뽑지 않고 그대로 밀어서 뿌리까지 박아 넣었다.

힘 풀린 손에서 떨어진 대도를 낚아채고 내공을 밀어 넣자 시커먼 도강(刀罡)이 솟구쳤다.

백현은 천하이십대 고수 중 하나였던 수라패도의 도법을 떠올리면서 대도를 휘둘렀다.

콰가가각!

백현을 향해 달려들던 철병들이 한꺼번에 양단되었다. 그 힘을 버티지 못한 대도가 가루가 되어 흩어졌지만, 주변에 무기는 넘쳤다. 백현이 양손을 들자 떨어지던 무기들이 그 자리에서 정지했다.

손을 대지 않고 검을 휘두르는 이기어검. 백현으로서는 간단한 응용일 뿐이지만, 철군들이 보기에는 수십 자루의 각각 다른 병장기를 마음대로 조종하는 초월적인 무위였다.

철군들이라 해서 감정이 없는 것은 아니다. 모두가 한때 인간이고, 무도의 길을 걷던 고수였기에. 그들은 백현이 펼치는 무위가 얼마나 경이적인지 뼈저리게 느끼고 있었다. 압도적인 수적 이점을 가진 것은 철병들이었으나, 백현은 혼자서 그들을 압도했다.

하지만 철병들은 물러서지 않았다. 감정을 가졌다고 해도 그들에게는 무령의 명령이 절대적이었다.

전장을 질주하던 수십의 병장기가 휘감은 힘을 버티지 못하고 박살 났다. 백현의 패도적인 힘을 담아내기에 저 병장기들은 너무나 연약했다.

결국, 백현은 다시 맨몸뚱이로 질주했다. 날카로운 강기의 기류가 백현의 몸을 휘감았다.

철병 중에 단독으로 백현의 풍신질주를 막을 수 있는 이는 아무도 없었다. 그럼에도 철병들은 악을 쓰면서 백현을 향해 몸을 날렸다. 닿은 순간 온몸이 갈기갈기 찢겨 고기 조각이 되어버린다.

주저 없이 죽음에 몸을 날리는 이들을 보면서, 백현은 작은 짜증을 느꼈다.

'뭐하자는 거야?'

백현은 싸우는 것을 좋아한다. 하지만 그가 좋아하는 것은 학살이 아니라, 싸우면서 서로가 쌓은 무(武)를 부딪치는 것이다.

'왜 무령이 직접 오지 않는 거야?'

철병들로서는 백현을 막을 수가 없다. 수백에 달했던 철군이 벌써 백이 넘게 죽었다. 머지않아 이곳에 있는 철군들 모두가 죽게 될 것이다. 아니, 백현은 지금 당장에라도 저들 전부를 몰살시킬 수 있었다.

'연리운은?'

그 이름을 떠올렸을 때.

꽈아앙!

하늘에서 누군가가 떨어졌다. 풍신질주로 달려가던 백현은 우뚝 멈추고서 흙먼지가 피어오르는 곳을 보았다.

화아악!

흙먼지가 하늘 높이 솟구치며 그 중심에서 연리운이 몸을 일으켰다. 그는 분노로 얼굴을 일그러뜨리고서 백현을 노려보았다.

"이제 왔어?"

백현은 연리운을 향해 반가움에 인사를 전했다. 하지만 연리운은 그 말에 답하지 않았다.

그는 분노로 일그러진 얼굴을 하고서 천천히 눈을 돌렸다. 처참한 전장의 모습이 그의 두 눈에 담겼다.

"……네가…… 철혈궁 역사의 두 번째, 아니, 첫 번째가 되었구나."

"그건 무슨 소리야?"

"침입한 것은 두 번째지만, 이런 난동을 부린 것은 첫 번째라는 말이다."

연리운은 그렇게 중얼거리면서 주먹을 꽉 쥐었다. 백현은 자신을 보는 연리운의 시선을 마주하며 두 눈을 빛냈다.

"지난번이랑은 다르네."

그래 봤자 며칠 전이지만. 그때의 연리운은 싸우는 내내, 백현에게 진심으로 살의를 보인 적이 거의 없었다. 무령이 시키니까 어쩔 수 없이 싸운다는 느낌이었다.

백현은 그게 마음에 들지 않았다. 상대를 죽이고자 싸우지 않는 것을 전력을 다한다고 할 수 있나? 백현의 기준에서 연리운은 그 싸움에서 전력을 다한 적이 없었다. 놈은 일대일 싸움에서 끝까지 백현을 죽이고 싶지 않아 했고, 가급적이면 싸움을 그만두고서 백현을 도망치게 하고 싶어 했다.

"……널 죽이고 싶지 않았다."

하지만 지금은 아니었다. 연리운은 자신이 완전한 자의(自意)와 상관없이, 아버지인 무령의 바람대로 인간이 아닌 괴물이 되었다.

연리운은 아버지인 무령이 아들인 자신을 증오했음을 알고 있다. 그러면서도 부성애를 가지고 있었다는 것도 알고 있다. 무령은 한 명의 무인으로서 아들의 재능을 시기하고 증오했고, 한 명의 아버지로서 뛰어난 아들을 자랑스럽게 여겼다.

연리운에게 있어서 아버지는 다양한 모순을 가진 존재였다. 스스로 무도를 버렸으면서도 무도에 미련을 두고, 한때 인간이었으면서 인간을 혐오한다. 아들을 증오하면서도 사랑한다.

저 바람은 증오였을까, 사랑이었을까.

"인간이면서 그렇게까지 강한 너를…… 내 손으로 죽이고 싶지 않았다."

아까웠다. 그리고 부러웠다.

연리운에게 있어서 천마였던 아버지는 시대의 거인(巨人)이었다. 무림과 천마신교의 역사상 가장 위대했고, 가장 강했다.

천마 연철휘라는 인물을 말할 때는 언제나 그 앞에 고금제일인이라는 수식어가 붙었다.

연리운은 그런 거인의 많고 많은 자식 중 하나였고, 그의 가장 뛰어난 아들이었다. 존경은 당연했다. 그리고…… 연리운 역시 무도의 길을 걷는 한 명의 무인이었기에, 언젠가 아버지를 뛰어넘고 싶다고 생각했다.

언젠가, 자신이 아버지의 무위를 뛰어넘었을 때. 아버지에게서 고금제일인이라는 수식어를 넘겨받고, 새로이 천마가 되어 신교의 교주가 될 때. 아버지에게 뿌듯한 칭찬을 듣고 싶었다.

"너는 나와 다르니까."

천마신교의 교리가 거짓이라는 것은 알고 있었다. 역대 천마들이 신이 되지 못하고 인간으로 죽었다는 것도, 죽어서 신이 된 것이 아니라 죽어서도 결국 인간이라는 것은 알고 있었다.

하지만 연리운은, 자신은 신이 될 수 있을 것이라 생각했다. 존경하는 아버지도, 언젠가 신이 될 수 있을 것이라 생각했다.

그러나, 아버지가 무도가 아닌 사도를 택한 순간. 그 미래가 증발했다.

연리운은 이렇게 얻은 신격에 대한 대가를 잘 알고 있었다. 결국, 누군가에게 받아서 이룩한 신격이다. 그렇기에 불완전하고, 결코 완성될 수 없다.

그건 무령이 얻은 저주였고, 무령의 권속인 철혈궁의 모두가 공유하고 있는 저주였다. 그들은 다시는 무도(武道)의 길을 걸어 신격을 얻는 것이 불가능했다. 하기에 무령(武靈)이라는 신명은 그 자체만으로 모순이었다.

그렇기에 연리운은 아버지인 무령을 동정했다. 그에게 있어서 아버지는 평생을 무도를 걸어온 무인이었고, 결국에는 무도가 아닌 사도를 통해 신격을 얻었으면서…… 스스로의 신명을 무령이라 하면서까지 무에 대한 미련을 버리지 못한 위인이었다.

때문에, 연리운은 백현을 죽이고 싶지 않았다. 그는 진심으로 백현을 존중하고, 부러워했으니까. 지금은 아니더라도, 언젠가…… 저 인간은, 인간이라는 종을 초월하고, 그조차 훨씬 넘어서 신격을 이룰 수 있을 것이다.

백현. 저 인간은 그런 넘치는 가능성을 가지고 있었다. 그는 스스로 무의 총애를 받고 있다고 말했지만, 연리운이 겪은 백현은 무의 총애에 그치지 않고, 무의 화신이라 하기에 걸맞은 괴물이었다.

그런 인간을 어찌 죽일 수 있단 말인가.

연리운은 자신의 아버지와 같은 일을 하고 싶지 않았다.

"……하지만 지금은."

연리운이 차가운 목소리로 내뱉었다.

아버지가 아버지가 아니게 된 순간. 연리운이 지켜야 할 것은 아버지가 아닌 철혈궁이 되었다.

그에게 있어서 무령은 여전히 아버지였으나, 무령은 스스로를 인간이라 여기지 않는다. 무령의 광기는 무령 자신을 집어삼킨 것으로 모자라, 철혈궁까지 위협하고 있다. 연리운은 철혈궁의 2인자로서 철혈궁을 수호해야만 했다.

인간 연리운은 아버지와 같은 일을 하고 싶지 않기에, 백현을 죽이고 싶지 않다. 하지만 철혈궁의 호법신장은 궁을 위협하는 적을 척살해야 한다.

호법신장이 백현을 죽이러 달려들었다. 백현은 연리운의 진심 어린 살기에 조금 의아했고, 억울하기도 했다.

이곳에 오지 말았어야 했다고? 오고 싶어서 온 것도 아니다. 일방적으로 휘말려서 철혈궁에 떨어졌을 뿐이다. 그 뒤에 다짜고짜 덤빈 것도 철병들이었고. 무령에게 데려가겠다며 덤벼오는데 그걸 병신도 아니고, 당해주고 따라가 줘야 하나?

처음에도 그랬다. 가만히 있던 백현을 박준환을 보내서 건드린 것은 무령이었다. 그따위로 단추를 끼웠으니 백현이 사신장의 영역까지 온 것 아닌가.

백현은 달려드는 연리운을 쳐다보았다.

'이유야 어쨌든.'

사실 그게 중요한 것은 아니다. 지난번에 제대로 싸우지 않았던 연리운이, 지금은 진심으로 백현을 죽이겠다고 덤벼오고 있다. 그거면 충분했다.

파직!

발아래에서 솟구친 학살무도강이 백현의 전신을 휘감았다. 백현은 뛰어들지 않고서 양팔을 들어 올렸다. 연리운과 다시 싸울 것을 기대했는데, 결국에는 잘된 일 아닌가.

파천신화공 육성. 과연 지금의 나는 얼마나 강해졌을까.

파바박!

연리운이 공중에서 휘두른 양손과 백현이 든 손이 부딪쳤다. 튀어 오른 손으로 주먹을 쥐고 연리운을 꿰뚫었다.

연리운의 몸이 확- 하고 꺼졌다. 어느새 땅에 내려온 연리운이 몸을 바짝 낮추며 백현의 틈 안으로 공격을 밀어 넣고 있었다.

당황하지 않았다. 연리운의 움직임은 여전히 빨랐지만, 백현은 연리운의 움직임을 놓치지 않았다. 게다가 시야각보다 넓은 기감이 연리운의 움직임을 완전히 포착한다. 백현은 발을 뒤로 끌면서 연리운과 조금 거리를 벌렸다.

백현이 펼친 손바닥이 연리운과의 사이 공간에 내공을 밀어 넣었다.

쿠우웅!

부푼 내공이 강기구가 되었다. 쏘아내지도, 터뜨리지도 않았다. 단지 물러서게 만들 뿐.

공격을 그만둔 연리운은 뒤로 물러서며 극성으로 끌어 올린 천마신공의 힘을 전신에 휘감았다. 그러자 연리운의 양팔이 붉은 잔영을 그렸다.

천마광연무, 그 파괴적인 춤이 시작되었다.

꽈과광!

연리운의 팔이 움직일 때마다 쏘아진 강기가 백현을 덮쳤다. 백현은 그것을 보며 발을 들었다.

콰르릉!

천마광연무가 백현이 있던 자리를 휩쓸었다. 연리운이 등장했을 때부터 철혈궁의 신병들은 더 이상 싸움에 끼어들지 않고 멀찍이 물러서 있었다. 휘말려 죽는 것은 사양이었고, 연리운은 무령을 제외하면 철혈궁 최강의 무인이었으니까.

'없다?'

천마광연무는 백현을 파괴하지 못했다. 연리운은 홱 몸을 돌려 등 뒤로 일장을 날렸다. 그곳에 서 있던 백현은 마주 뻗은 일장으로 연리운의 장풍을 상쇄했다.

그 틈에 연리운은 천마군림보를 펼치며 공간을 압박했다.

쿠웅!

지면이 통째로 내려앉을 정도의 강력한 압력이다.

백현은 살짝 무릎을 굽히며 그 압력을 견뎌냈다. 천마군림보는 강했지만, 상대하는 것은 그때보다 지금이 더 쉬웠다.

연리운의 주먹이 붉은빛에 휘감겼다. 천마유혼권이 복잡한 궤로를 그리며 시작되었다.

백현은 빙긋 웃으며 손을 들었다.

이전에 보았기 때문에? 그게 전부는 아니었다. 잘 보이기도 했고, 백현의 몸이 이전보다 빠르기도 해서.

연리운의 천마유혼권은 제대로 펼쳐지지 못했다. 연리운은 주먹을 휘두르는 족족 미리 막히고 걷히는 것에 두 눈을 크게 떴다.

'어떻게?'

고작 사흘이 지났을 뿐이다. 몸에 났던 상처야 마법 같은 것으로 치료했다고 생각했는데, 대체 이 반응 속도는 뭐란 말인가?

'그 짧은 시간에…….'

카르파고와 합공하는 와중에도 백현은 강해지고 있었다.

하지만, 아무리 그렇다고 해도 그때의 성장치는 이 정도의 결과를 만들 정도는 아니었다. 천마유혼권의 궤로를 즉석에서 수정해 가며 백현을 압박하려 했지만, 그것도 소용없었다.

보이고, 속도가 비슷하다면. 그 이후는 눈치로 얼마든지 앞서갈 수 있다. 팔을 움직이기 위해서는 어깨가 먼저 움직이게 된다. 방향을 틀 때도 어깨와 팔꿈치가 움직인다.

백현이 보는 것은 주먹 하나가 아닌 전체였다. 좁은 시야는 하나밖에 볼 수 없게 하지만, 넓은 시야는 많은 것을 보게 하고 그로 하여금 예측하게 만든다.

'지금.'

연리운의 주먹이 들어올 때, 백현의 양손이 뻗어졌다. 먼저 충돌한 호신강기 다음으로 백현의 양손이 연리운의 팔을 낚아챘다. 그 짧은 순간에 백현은 연리운의 손목을 한 바퀴 돌리고 팔꿈치를 역방향으로 꺾었다. 관절이 박살 나는 소리를 들으면서, 백현은 연리운에게 바짝 붙었다.

백현의 무릎이 연리운의 옆구리를 갈겼다. 연리운은 얼굴을 일그러뜨리면서 백현에게 잡힌 팔을 억지로 뽑았다.

뿌드득!

왼팔이 어깻죽지부터 뜯겼다.

"맙소사!"

그 과격한 행동에 되려 놀란 것은 백현이었다. 하지만 연리운은 개의치 않고 하나 남은 손으로 근접 거리에서 멸세옥을 만들어 쏘아냈다.

백현은 빠르게 뒤로 물러서면서 양손을 펼쳐 앞으로 뻗었다. 백현의 손안에서 들끓던 어둠이 먹물처럼 번지면서 앞을 뒤덮었다.

멸원광도와 멸세옥이 부딪치고 아무것도 남지 않았다.

잠시 후 뜯겼던 자리에서 왼팔이 빠르게 생겨났다. 연리운은 새로이 생긴 왼손을 쥐었다 펴면서 백현에게 달려들었다.

백현은 그를 보며 혀를 내둘렀다.

'저건 좀 불공평하네.'

끝없는 내공은 그렇다 치겠는데, 뜯긴 팔을 저렇게 빠르게 재생하다니. 저런 재생력은, 인간은 절대로 가질 수 없다. 저런 걸 보면 인간이 열등하다 해도 할 말이 없었다.

'죽인다.'

무령은 백현을 데리고 오라고 했다. 하나 연리운은 백현을 이 자리에서 죽일 생각이었다.

방 안에 있던 어둠……. 가면을 쓴 남자. 도대체 그 방에서 무슨 일이 일어난 것인지, 그 남자가 누구인지 알 수 없었다.

하지만 이것 하나는 확실히 알았다. 무령은 더 이상 돌아올 수 없었다. 혼돈에 침식되었을 때부터 무령은 타락해 가고 있었고, 이제는 정말 끝이었다.

연리운은 오늘 그 방의 어둠을 보면서 그를 확신했다. 그렇다면 철혈궁의 호법신장으로서 해야 할 일은 하나뿐이다.

철혈궁의 적을 죽인다.

눈앞의 백현도. 타락함으로써 철혈궁을 파멸시킬 무령도.

가슴 한구석이 욱신거렸다.

연리운은 이 생각의 우스움을 잘 알고 있었다. 대체 무슨 일이 있었던 것인지는 몰라도, 저 인간은 사흘 전보다 강해져 있었다. 사흘 전의 연리운은 백현을 죽일 수 있었지만, 지금의 연리운은 전력을 다함에도 백현을 죽일 수 있을지 확신을 가질 수 없었다.

'저런 난적을 앞에 두고 그다음을 생각한다?'

저 인간 같지 않은 괴물을 죽이고서, 그보다 훨씬 강한, 정체조차 알 수 없는 가면의 괴인(怪人)과 운신조차 힘들 정도로 혼돈이 가득 찬 방에서…… 타락했다고는 해도 군주인 무령을 죽이겠다고? 그게 정녕 가능한 일인가.

설령 백현을 죽인다 하더라도 그 과정에서 연리운은 크게 지칠 것이다. 그런 상태로 무령을 죽이는 것은 절대 불가능하다. 아니, 애초에 그가 정녕으로 철혈궁을 위하고 있다면 차라리 백현과 손을 잡는 편이 나을 것이다.

'모순…….'

무령과 다를 것이 없었다.

결국, 모든 것에서 도망칠 뿐이다. 철혈궁을 위해 망가진 군주를 죽여야 한다 생각하고, 철혈궁의 침입자를 죽인다는 대의명분으로 스스로를 합리화하고.

'아, 차라리.'

연리운의 몸이 천마신공의 빛에 휘감겼다.

'내가 여기서 죽으면.'

그는 생각을 머릿속에서 흩뜨리며 천마재림을 펼쳤다. 의념지기로 펼친 무공이다. 연리운을 중심으로 일어난 붉은 파도가 백현을 덮쳐왔다.

백현은 그를 마주하면서 오른 주먹을 쥐었다.

쉬리릭!

파천신화공의 검은 강기가 백현의 오른팔을 휘감았다. 충돌 직전에, 백현은 손을 뻗었다.

흑운.

검은 구름이 증식되었다. 뭉게뭉게 번진 흑운은 구름이라기보다는 안개와 같았다.

천마재림이 흑운에 완전히 상쇄되는 순간, 백현은 깨달을 수 있었다. 예전에는 의념지기를 쓸 때마다 확실한 피로감을 느꼈는데, 지금은 별 느낌이 없었다. 파천신화공의 성취가 오르며 상단전이 활짝 열렸기 때문이다.

'강해졌어.'

사실 당연한 일이다. 무공의 성취가 올랐으니 그만큼 강해지는 것이 당연하다. 하지만 그것을 확실히 느끼고, 두 눈으로 보았을 때의 쾌감. 그런 쾌감은 절대로 익숙해지지 않는다. 그것이 백현이 무공을 좋아하는 이유 중 하나였다.

연리운은 환하게 웃는 백현을 보았다. 다시금 부럽다는 생각이 들었다. 하지만, 하지만.

연리운은 앞으로 달려 나갔다.

그는 사도가 아니었기에, 박준환이 사용했던 신무천정을 사용할 수 없었다. 그가 쓸 수 있는 것은 인간이었을 적 익힌 천마신공뿐이었다. 부족하다고 생각하지 않는다. 천마신공은 고금제일의 무학이다. 연리운은 그것에 절대적인 믿음을 가지고 있었다.

그런데.

"크윽!"

콰앙!

백현의 주먹이 연리운의 호신강기와 그 너머의 방어를 때렸다.

연리운은 이를 악물며 그것을 버텨냈다. 하지만 이어 뻗은 주먹이 연리운의 방어를 완전히 무너뜨렸다. 연리운의 입에서 낮은 신음이 터졌다.

금강불괴를 꿰뚫은 주먹이다. 사흘 전만 해도 연리운은 백현보다 한 수 위였으나, 지금은 아니었다.

백현은 연리운의 모순을 모른다. 그가 다짜고짜 살기로 무장한 이유도. 무령과 연리운의 관계도. 그가 하고자 하는 일은 지극히 간단명료했다.

싸우고, 이기는 것.

꽈앙!

백현의 주먹이 연리운의 몸을 휘청거리게 만들었다. 현란함은 없다. 일직선으로 뻗은, 그냥 주먹질이다. 하나 그 주먹은 연리운이 알고 있는 그 어떤 권법보다 위력적이었다.

연리운이 고함을 지르며 땅을 발로 찍었다.

아니, 찍으려 했다. 그러기 전에 백현의 주먹이 연리운의 턱을 쳐 갈겼다. 연리운의 머리가 뒤로 젖혀졌다.

백현은 쇄혼을 쓰지 않았다. 그의 육체는 의념지기로 강제적으로 각성한 상태가 아니었다. 그럼에도, 백현은 연리운과의 근접전에서 우세를 점하고 있었다.

전투 경험은 넘치도록 있었다. 그 모든 경험을 체화할 재능도 가지고 있다. 파천신화공이 육성이 되면서 한 꺼풀 탈각한 육체는 이미 초월자와 대등했다.

'이건…… 말도 안…….'

무의 화신.

연리운이 미친 듯이 팔을 휘두르며 강기의 폭풍을 일으켰지만, 백현은 피하지 않고 앞으로 뛰어나갔다. 백현은 양손으로 덤벼오는 강기를 찢어 강제로 길을 열었다.

쫘앙!

백현이 내지른 주먹이 허공을 때렸고, 그 너머에 있던 연리운이 피를 토하며 땅을 나뒹굴었다. 그가 몸을 일으키기도 전에 백현의 손에서 쏘아진 강기구들이 연리운을 덮쳤다.

"커억!"

급하게 일으킨 호신강기로도 완전한 방어는 불가능했다. 연리운의 호신강기가 흩어지면서 그의 몸이 박살 났다.

그쯤 되니 물러서 있던 철병들이 웅성거렸다. 그들은 믿을 수 없다는 표정을 지으며 땅에 누워 꿈틀거리는 연리운을 보았다.

"호법신장님!"

"오지 마라!"

철병들이 다가오려 하자, 연리운이 고함을 질렀다.

그는 비틀거리며 몸을 일으키고, 거친 숨을 몰아쉬었다. 연리운의 상처는 그 와중에도 빠르게 치료되고 있었다.

'확실히, 그때 계속 싸웠으면 내가 졌겠어.'

그때의 백현은 연리운에게 저 정도의 상처를 주는 것도 불가능했다. 하지만 지금은 아니었다.

백현은 가볍게 숨을 몰아쉬었다. 조금 지치게 되는 것은 어쩔 수 없었지만, 승기는 백현이 쥐고 있었다. 상처가 무한히 재생하는 것은 아닐 터. 당장만 해도 연리운은 상처를 치료할수록 빠르게 지쳐가고 있었다. 재생하지 못할 때까지 패다 보면 죽게 될 것이다.

연리운은 동요를 감추며 백현을 노려보았다. 저만큼이나 강해진 백현의 힘은 경외감을 품기에 충분했다.

'어쩌면, 어쩌면.'

연리운은 아랫입술을 잘근 씹었다. 그는 스스로의 모순을 절감하면서 주먹을 으스러져라 쥐었다.

무령이 혼돈에 완전히 삼켜져 타락하면, 무령을 따르는 철혈궁의 모든 권속이 자아를 상실한 괴물이 되어버린다. 알고 있다. 알고 있기에, 아버지를 직접 죽이겠다는 생각을 한 것이다.

연리운은 답을 잘 알고 있었다.

아들이 아버지를 죽이는 것은 패륜이다. 하지만 철혈궁의 호법신장은 궁을 위해서 무령을 죽여야 한다.

무령의 아들 연리운의 선택 역시, 이유는 다르되 결과는 같다. 연리운은 아버지가 타락하여 괴물이 되느니, 차라리 자신의 손으로 죽여 마무리를 지어주고 싶었다.

하지만 이러니저러니 해도 그는 절대로 무령을 죽일 수 없다. 그가 만전의 상태로 무령에게 덤빈다 한들, 군주인 무령을 죽이는 것은 불가능하다. 그래서 이렇게 도망쳤다. 이곳에서 백현과 싸우다 죽는다면…….

결국에는 추하게 자신을 포장하고 있을 뿐이다. 그래도 최선을 다했다, 그런 마음가짐으로.

"아아아!"

생각하고 싶지 않았다. 연리운은 절규 같은 고함을 지르며 백현에게 달려들었다.

백현은 그런 연리운을 물끄러미 바라보았다. 연리운은 처음과 다를 것 없는 무참한 살기를 내뿜고 있었지만, 백현은 그 살기 너머의 깊은 절망을 느꼈다.

"너."

백현의 눈썹이 꿈틀거렸다.

"지금 뭔 생각을 하는 거냐."

저 절망의 근원은 백현이 아니었다.

꺾었다.

연리운은 자신의 눈앞으로 날아오는 주먹을 보았다. 그건 백현의 주먹이 아닌 연리운의 주먹이었다. 앞으로 내지른 주먹이, 잡히고, 관절의 반대 방향으로 꺾여서. 그렇게 휘둘러 쳐진 주먹이 연리운의 얼굴을 갈겼다.

백현은 분노와 짜증을 느끼며 다리를 휘둘렀다.

빠각!

연리운의 호신강기를 으깨 버린 발차기가 그의 다리뼈를 분질렀다. 연리운의 몸이 휘청 넘어지려 했지만, 백현은 놈의 멱살을 잡고서 넘어지지 않게 바로 세웠다.

연리운은 하나 남은 손을 휘둘렀지만, 백현은 다른 손으로 그 공격을 걷어낸 뒤에 이마로 연리운의 코를 들이박았다.

"큭!"

연리운의 코에서 피가 뿜어졌다. 백현은 한 번 더 박치기를 했고, 이번엔 연리운의 입술이 터져 피가 흘렀다.

연리운은 다리를 휘둘러 백현의 몸을 걷어찼다. 그러자 백현이 몇 걸음 뒤로 물러섰고, 연리운은 이를 악문 채 뒤로 훌쩍 뛰어올랐다.

뒤섞인 감정 속에서 연리운은 이미 죽은 제종과 유기가 그리웠다. 그들은 바라던 대로 무인으로서 죽었다.

연리운은.

호법신장은.

뼈저린 모순만을 자각하면서, 아무 선택도 하지 못하고. 연리운은 그런 자신에 대한 지독한 자기혐오를 느끼며 천마신공의 최종 오의를 끌어냈다.

연리운이 양팔을 펼쳤다. 단전에서 쏟아져 나온 무한한 내공과 의념지기가 공간을 장악했다.

천마독존(天魔獨存).

붉게 변한 세상에서 오직 연리운만이 홀로 존재했고.

"파천."

무덤덤한 중얼거림과 함께 세상이 박살 났다.

5장
미친개

무엇이 모자라고 부족했을까. 힘? 아니, 각오였나.

연리운은 천마독존이 만들어낸 세상이 외압에 무너지는 순간 실소를 흘렸다. 그것은 항거할 수 없는 거대한 폭력이었다.

하나, 도망치고 싶지 않았다.

그건 결사의 각오는 아니었다. 자포자기했을 뿐이다. 연리운은 자신의 선택이 모순이었다는 것을 알고 있었고, 그를 알면서도 모순을 뜯어내려 하지 않았다.

그는 결국 무령이 다스리는 철혈궁의 호법신장이면서, 천마 연철휘의 아들인 연리운이었다. 철혈궁과 그에 얽매인 권속들을 위해, 그리고 아버지를 위해 무령을 죽여야 한다 생각하면서. 자신으로서는 불가능하다고 진즉에 결정을 내리고 모든 것에서 도망쳐 이곳에서 죽고자 선 것이 바로 호법신장 연리운이었다.

그런 자신이 역겹게 느껴졌다. 결국, 그는 철혈궁의 호법신장도 아니었고 연철휘의 아들도 아니었다. 그 무엇도 선택하지 못해서, 이곳에서 싸우다 죽기를 바라는 머저리 병신일 뿐이었다.

천마독존의 세상이 완전히 박살 나고서, 연리운은 힘없이 자리에 주저앉았다. 외상은 없었지만, 전력을 다해서 펼친 의념지기의 무공이 정면에서 박살 났다.

사실 그것보다는.

"……왜 거뒀지?"

연리운은 허탈한 눈으로 앞을 보며 물었다.

박살 난 공간의 파편이 백현의 손안으로 모여들고 있었다. 펼친 손바닥 안으로 모인 부스러기가 빛이 찬란한 먼지가 되어 사라졌다.

백현은 펼쳤던 손을 쥐면서 연리운을 보았다.

"아까워서."

그 말에 연리운의 몸이 바르르 떨렸다. 그는 잠깐 동안 백현을 노려보다가 실소를 내뱉었다.

"……그런 식으로…… 나를 모욕하는 거냐? 그만둬라. 오늘 이후로 너와 난 다시는 싸울 수 없을 테니까."

"무령이 타락해서?"

백현의 질문이 연리운의 말문을 막히게 만들었다. 그는 백현이 무령의 타락에 대해서까지 알고 있을 것이라고는 생각하지 못했다. 하지만 이제 와서 부정한들 무슨 의미가 있단 말인가? 연리운은 쓰게 웃으면서 고개를 끄덕거렸다.

"……그래. 그러니 의미가 없다는 것이다."

머지않아 무령은 타락할 것이다.

본래는 조금 더 유예가 있을 터였으나, 가면의 괴인이 나타나면서 상황이 급격하게 바뀌었다. 무령이 타락하게 된다면 연리운과 철혈궁, 그리고 무령과 계약한 모든 헌터들이 괴물로 변해 버린다.

"내가 나였을 때 죽이는 것이 좋을 거야. 앞으로는……."

"앞으로의 일은 모르는 거지."

백현은 그렇게 투덜거리면서 손을 털었다.

연리운과 싸워 이기기는 했지만, 그리 기분이 좋지는 않았다. 연리운은 분명 전력을 다했다. 그가 백현을 죽이고자 했던 살기 또한 진심이었다.

하지만 백현은, 연리운이 자신과의 싸움에 집중하지 못한다고 느꼈다. 그게 불만이었다. 기껏 여기까지 들어와서 연리운과 싸우게 되었는데, 기대만큼 즐겁지가 않았다.

백현은 고개를 돌려 뒤를 힐긋 보았다. 저 너머에서 활짝 열린 철혈궁의 성문이 보였다.

연리운은 그쪽을 보는 백현을 보면서 비틀거리며 몸을 일으켰다.

"……그만둬라."

연리운이 숨을 헐떡거리며 말했다.

"너는…… 내가 살면서 본 존재 중, 무의 화신이라 하기 가장 적합한 존재다. 하지만……."

"난."

백현이 내뱉은 말이 연리운의 말을 끊었다.

"정신을 차려보니 이 안에 들어와 있었어. 저놈들은 날 무령에게 데려가겠다고 덤볐고, 그 과정에서 꽤 많은 놈이 내 손에 죽었지. 하지만 난 내 손속이 과했다고 생각 안 해."

"……."

"그냥 당해줄 수는 없잖아. 내가 안 죽으려면 상대를 죽여야지, 안 그래?"

백현은 그렇게 말하면서 빙긋 웃었다.

연리운은 아무런 말도 할 수 없었다. 스스로 갈피를 잡지 못하고 갈등하던 연리운과는 다르게, 백현은 언제나 일관적이었다. 그것이 연리운과 백현의 가장 큰 차이였다.

"설마 이렇게 빨리 만나게 될 것이라고는 생각 못 했지만. 이렇게 되어버린 이상 뭐 어쩌겠어? 여기서 가만히 있어 봤자 방법이 생기는 것도 아니잖아. 그렇다고 네가 날 여기서 내보내 줄 수 있는 것도 아니고."

철혈궁의 차원문은 닫혀 있었다. 그 가면 괴인의 소행일까? 연리운은 아랫입술을 잘근 씹었다. 대체 어떤 존재가 타 신격의 성역에서 그런 일을 벌일 수 있단 말인가.

"그러니까 만나러 가봐야지."

"……죽을 거다."

연리운은 고개를 저으며 중얼거렸다.

"인간이 신을 어찌 감당할 수 있단 말이냐……?"

"이러니저러니 해도 결국 죽을 텐데. 내 쪽에서 먼저 가는 편이 낫지."

'저 인간은 공포라는 것이 없는 건가?'

연리운은 백현을 도저히 이해할 수가 없었다. 평범하지 않다는 것. 광인이라 할 정도로 싸움을 즐긴다는 것은 느꼈지만, 아무리 그렇다 해도 정도라는 게 있어야 하지 않나.

"이길 수 없어."

연리운이 떨리는 목소리로 중얼거렸다.

"인간이 어떻게…… 아무리 네가 무의 화신과 같은 존재라 해도……."

"너는 나한테 질 거라고 생각했었어?"

연리운의 말문이 또다시 막혔다.

상상? 해본 적도 없다. 사흘 전만 해도 연리운은 백현보다 강했다. 비록 그 차이가 그리 크지는 않았다고 해도, 연리운은 오늘 이곳에서 자신이 백현에게 패배하는 것은 상상도 해본 적이 없었다.

"거봐, 안 했잖아. 결국, 해봐야 아는 거야."

아. 연리운은 멍한 정신으로 백현을 쳐다보았다.

저 인간은 아무런 확신도 가지고 있지 않았다. 승리도, 패배도, 그 무엇도 확신하지 않는다. 어떻게 신격에 도전하면서 패배를 확신하지 않을 수 있는 걸까.

"나는 네 아버지와 싸워서, 할 수 있으면 죽일 거다."

친아들한테 하기에는 좀 그런 말인가. 백현은 내심 그런 생각을 하면서 멋쩍은 웃음을 지었다.

하지만 연리운은 그 말을 들으면서 별 감정은 느끼지 않았다. 애초부터 패륜을 생각했던 것은 아들인 그였고, 단지 할 수 없었기 때문에 도망쳤을 뿐이다.

'아.'

그제서야 연리운은 깨달았다.

저 인간은 승리와 패배 따위에 확신을 갖지 않는다. 그가 확신을 가지고 있는 것은 그저 자기 자신뿐이었다. 그 또한 연리운과 정반대였다.

"피차 어쩔 수 없는 일인데. 나중에 복수하고 싶으면……."

"……가라."

연리운이 털썩 자리에 앉자, 철병들이 웅성거렸다. 연리운은 힘없는 손을 들어 그 웅성거림을 가라앉혔다.

"도망가겠다는 것도 아니고, 제 발로 가겠다는데…… 막을 이유는 없지."

가슴 속에서 어떤 감정이 꿈틀거리고 있었다.

어쩌면, 어쩌면. 정말로 무령을 쓰러뜨릴 수 있지 않을까.

연리운은 그런 기대감을 갖는 자신이 우스웠다.

백현은 바닥에 앉은 연리운을 물끄러미 보다가 몸을 돌렸다.

"가능하면 다음에 보자."

파악!

백현은 땅을 박차 하늘로 뛰어올랐다. 그는 빠르게 공중을 걷어차며 높다란 철혈궁의 성벽으로 향해갔다.

연리운은 멀어지는 백현의 등을 보았다.

'넌 몇 번이나…… 나에게 같은 기분을 느끼게 하는구나.'

부러웠다. 무의 광기에 몸을 맡겨 싸우는 것도, 그 무엇에도 얽매이지 않고 인간으로 남아 무도를 걷는 것도, 스스로를 확신하는 것도.

연리운은 두 눈을 감고서 가부좌를 틀었다.

'쌍욕을 처먹을 줄 알았는데.'

백현은 내심 의아해하고 있었다.

아들인 연리운의 면전에 대고 아버지인 무령을 죽이겠다고 말했는데, 반응이 생각 이상으로 너무 건조했기 때문이다.

오히려 연리운은 그 상황에서도 싸우지 말라 하고 있었다.

마지막에 보내준 것도 똑같았다. 가지 말라고 해봤자 결국 갔을 것이고, 막았다면 그만큼 피해가 더 났겠지만. 단순히 무령이 절대로 패배할 리 없다고 믿어서일까. 아니면…….

'어렸을 때 좀 맞고 자랐나?'

어쩌면 그럴지도 모르지. 보기에는 안 그래 보이지만, 저런 놈이 의외로 어릴 적에는 부모 속을 꽤 썩였을지도 모르는 일. 아니면 무령의 성격이 지랄 맞아서 착한 아들을 어릴 때부터 학대했을지도 모른다.

결국, 남의 가정사이니 백현은 깊게 생각하지 않았다. 그들의 부자 관계가 중요한 것은 아니다.

오늘 이렇게 무령과 싸우는 것은 생각지도 못했다. 파천신화공 육성…… 이길 수 있나?

'생각하지 말자.'

벌써부터 승산을 점치고 싶지는 않았다. 싸워보지도 않고 승산을 생각하는 것은 좋은 버릇이 아니다. 애초에 이곳에서 백현이 고를 수 있는 선택지는 없었다. 왜 철혈궁 안으로 들어오게 됐는지는 모르겠지만, 오게 된 이상 싸워야만 했다. 이길 수 없다고 해도 억지로라도.

하늘을 달리면서, 백현은 앞을 보았다. 성벽 안에 펼쳐진 텅 빈 도시, 그 중앙에 높다란 제단이 보였다. 제단의 위에는 거대한 철문만 덩그러니 세워져 있었는데, 철문은 아주 조금 열려 있었다.

저곳이다.

[제단 위의 문 안으로 들어가라.]

백현이 몸을 돌렸을 때. 연리운은 전음으로 그렇게 전해주었다.

[그 안에 무령이 있다……. 그리고, 정체를 알 수 없는 가면의 괴인이 있어. 그가 너를 어찌 대할지는 모르겠으나……. 확실한 건, 그는 무척 위험한 존재라는 것이다. 그래도 갈 테냐?]

연리운의 전음은 거기까지였다. 백현은 움직이는 것으로 대답을 대신했었다.

"가면의 괴인이라."

백현은 작은 목소리로 중얼거리며, 제단과 이어지는 계단의 도중에 내려섰다.

"음모의 냄새가 나."

물론 진짜로 냄새가 나는 것은 아니었지만. 백현은 코를 킁킁거리면서 중얼거렸다.

그는 위를 올려다보면서 계단을 걸어 올라갔다. 계단을 한 걸음 오를수록, 백현의 심장은 빠르게 뛰었다.

그는 손을 쥐었다 펴면서 전신의 긴장을 느꼈다. 의식하지 않으려 해도 억지로 의식되었다. 상상하고 싶지 않은 미래가 백현을 흔들려 했다.

"명경지수."

백현은 작은 목소리로 중얼거렸다. 하나 잘되지는 않았다. 이런 싸움을 앞두고 부동심을 갖는 것은, 다른 누구라면 몰라도 백현에게는 불가능한 일이었다.

"대단하군."

돌연히 목소리가 들려왔다.

목소리가 들리는 쪽을 바라보니, 계단 최정상의 풍경이 일그러지고 어느새 한 명의 남자가 그곳에 앉아 있었다.

연리운의 말대로였다. 그는 정말 괴인(怪人)이었다. 백현은 강렬한 이질감을 느끼며 남자를 올려다보았다.

그가 얼굴에 덮어쓴 가면은 작은 눈구멍 하나 없는 완전한 원형이었다. 그 안을 채운 어둠은 색으로 칠한 것이 아니라 정말로 '어둠'을 담아 놓은 것만 같았다. 끝을 알 수 없을 정도로 깊고…… 보고 있는 것만으로 혼이 빠져들어 갈 것만 같았다.

'아.'

백현은 어지럼증을 약간 느끼며 한 걸음 뒤로 물러섰다.

어비스.

화천에서 보았던 어비스. 그 거대한 구멍을 아주 작게 만들고, 그 안을 채운…… 빛 한 점 없는 어둠을 응축시켜 가면을 만들면 저런 모습일까.

백현은 식은땀으로 축축하게 젖은 손바닥을 꽉 쥐었다.

"설마 연리운을 이길 것이라고는 생각 못 했네. 내가 자네를 너무 우습게 여긴 모양이야."

괴인이 중얼거렸다. 그는 혼돈을 담은 가면을 썼고, 얼룩 한 점 없는 새하얀 장포를 입었다. 반백의 머리카락은 흐트러짐 없이 잘 묶어 위로 올린 후 관모로 고정했다.

'누구지?'

백현은 으슬으슬한 오한마저 느꼈다. 생전 처음 느껴보는 이질적인 기운이 백현에게 당황을 선사했다.

괴인은 정말 괴이한 존재감을 가지고 있었다. 그는 유령처럼 아무런 기척을 가지고 있지 않았다. 그러면서도 사방에서 괴인의 기척이 느껴졌다. 마치 이 세상 전체가 저 괴인의 뱃속인 것만 같았다.

괴인은 창백하게 질린 백현의 얼굴을 보며 껄껄 웃었다.

"부끄러이 여기지 말게. 자네를 시험하고 있는 것이니까."

버티는 것이 대단한 거야. 괴인은 그렇게 덧붙이면서 몸을 일으켰다.

우우우!

백현의 눈앞에서 세상이 비명을 지르고 죽음을 맞이했다.

백현은 다시 몇 걸음 뒤로 물러섰다.

괴인의 등 뒤에 펼쳐져 있던 하늘과 철문이 사라졌다. 그의 등 뒤에는 어느새 거대한 혼돈이 펼쳐져 있었다.

"아무리 인간이라도 이 정도의 혼돈을 본다면 미쳐 버리지. 어중간한 신격이라면 즉시 타락해 버리고. 하지만 자네는 버티는군. 놀라운 정신력이야."

백현은 대답하지 않았다. 괴인은 창백한 얼굴로 꽉 입술을 다물고 있는 백현을 보면서 웃었다.

"그렇다고는 해도, 공포는 느끼는 모양이지? 그래, 그게 당연한 게야. 끝없는 심연은 들여 보는 것만으로도 사람을 미치게 하는 마력을 띠고 있으니."

백현은 대답하지 않았다.

"그러니 더더욱 부끄러이 여길 필요는 없어. 자네가 보고 공포를 느끼는 것은, 내가 아니라 심연의 혼돈일세. 누구나 보고 공포에 미치는 것이 당연……."

생전 처음 겪어보는 미지의 존재. 정신을 침범해 오염시키는 공격. 어떻게 해야 할까?

들어 찍은 발이 제단을 통째로 무너뜨렸고, 백현은 그 반동을 이용해 앞으로 튀어 나갔다. 솔직히 상대할 방법은 모르겠다. 그러니까 일단.

'때린다.'

그거 말고 뭘 한단 말인가?

"허!"

갑작스러운 행동에 휘청거리던 괴인은, 달려드는 백현을 보며 헛웃음을 터뜨렸다.

"상상 이상의 미친개였군!"

설마 여기서 덤벼올 것이라고는 상상도 하지 못했다. 아니, 덤벼오는 것보다…… 어떻게 움직일 수 있단 말인가?

괴인이 백현에게 보여준 것은 혼돈의 근원, 그 일부였다. 그걸 직시하고서 어떻게 움직일 수 있지?

'정신이 무너진 것이 아니야.'

제단이 통째로 무너진 덕에 발을 둘 곳이 없었다. 공중에 뜬 괴인은 거리를 좁혀오는 백현의 눈을 보았다. 이쪽을 보는 눈동자는 혼돈에 범해진 광기 하나 없이 맑았다.

그것이 괴인의 흥미를 자극했다. 처음 보았을 때도 흥미를 느끼기에 충분하다 못해 과한 소재였는데, 설마 이렇게까지 해줄 줄이야.

백현은 괴인의 정체를 모른다. 단지 불쾌했고, 위험하다는 것을 느꼈다. 공격이 최선의 방어라고 누가 말했었지?

물론, 백현이 공격을 결심한 것은 방어라고 생각해서 한 행동은 아니었다. 괴인은 백현을 위협했고, 백현의 적이었다. 휘두른 주먹이 괴인을 노렸으나, 공격은 성공하지 못했다. 주먹이 닿기도 전에 괴인의 몸이 어둠으로 무너져 내렸다.

백현은 그 어둠을 맨몸으로 뚫고 나갔다.

그에 걸린 시간은 몹시 짧았을 테지만, 백현은 그 짧은 시간을 굉장히 길게 느꼈다. 체감 시간…… 아니, 진짜로 시간이 느려진 것만 같았다. 끝 모를 심연으로 깊이 잠수하는 것만 같은 기분이었다.

어둠은 끈적끈적했다. 백현은 반사적으로 호흡을 멈추었으나, 그가 지나는 어둠은 몸이 아닌 정신을 침식했다.

이런 기분 또한 처음이었다.

우우우!

백현의 몸 안에서 흘러나온 파천신화공이 그의 몸을 보호했다.

"그렇군."

어둠을 뚫고 나왔을 때 무너뜨린 제단은, 무너진 적이 없던 것처럼 멀쩡했다. 괴인은 여전히 제단의 정상에 앉아서 백현을 내려다보고 있었다.

"도원경이라. 흔치 않은 경험을 했군그래."

귀신에 홀린 것 같았다. 백현은 두 눈을 끔벅거리며 위를 올려 보았다. 괴인은 끌끌 웃으면서 몸을 일으켰다.

"육체가 아닌 영혼을 단련할 기회는 흔치 않지. 게다가 천무성이라……! 내가 실언을 했어, 자네는 흔치 않은 정도가 아니야."

"어떻게 안 거야?"

"방금 알았지. 자네의 이름과 과거, 익힌 무공…… 훌륭한 스승을 두었군. 파천신화공이라, 무공을 통해 인간이 신이 될 수 있다는 것. 내가 아는 경우는 무령뿐이라 허황된 것이 아닌가 생각하였는데, 자네와 자네의 스승을 보면 꼭 그런 것 같지만은 않은 것 같아."

백현은 일어선 괴인을 노려보았다.

괴인은 조금 전에 알았다고 말하였지만, 백현은 그에게 과거에 관해 설명해 준 적은 없었다. 몸으로 뚫고 나갔던 어둠에 그런 성질이 있었던 걸까? 백현은 다시 적의를 일으켰지만, 괴인은 껄껄 웃었다.

"자네의 적은 내가 아니잖나?"

괴인은 그렇게 말하면서 몇 걸음 움직였다. 그의 등 뒤에 있던 커다란 철문은 여전히 조금 열려 있었고, 그 안에서는 불길하기 짝이 없는 어둠이 준동하고 있었다.

"나는 자네와 싸우고 싶지 않아. 거짓말이 아닐세. 기왕이면 자네와 친구가 되고 싶네만……. 글쎄, 자네는 나와 친구가 되고 싶어 하지 않을 것 같군."

"댁이 누군데?"

괴인은 그 질문에 대답하지 않고 웃기만 했다.

그 뒤에 일어난 일은 괴인이 처음 모습을 보였을 때와 똑같았다. 괴인은 처음부터 그 자리에 없었던 것처럼 사라졌고, 백현은 허탈한 웃음을 흘렸다.

[너무 어렵게 생각할 필요는 없네.]

백현의 머릿속에서 괴인의 목소리가 울렸다.

[무령이 온전한 상태였다면 지금의 자네는 그를 절대로 감당할 수 없었겠지. 하지만 지금의 무령은…… 후후. 혼돈을 감당하지 못해 신격은 붕괴되었고, 간신히 형(形)만을 유지하고 있네. 어쩌면 자네가 쓰러뜨릴 수 있을지도 몰라. 그에게 충분한 시간이 주어졌다면 혼돈의 괴물로서도 격을 갖추어 완성되었겠지만…… 그에겐 시간이 없지. 자네가 왔으니 말일세.]

뿌득.

백현은 괴인의 목소리를 들으며 어금니를 씹었다. 그깟 일은 물어보지 않았다.

백현은 기감을 펼쳐 목소리의 행방을 쫓으려 했으나, 괴인의 존재감은 어디에서도 느껴지지 않았다.

'눈앞에 있었을 때도 느끼지 못했는데.'

진짜 유령이 있다면 저럴까. 그간 산전수전 다 겪었다고 생각했는데, 방금의 일은 도무지 이해할 수 없는 기사(奇事)였다. 백현은 펼친 기감을 거두었다.

괴인의 목소리는 더 이상 들리지 않고 있었다. 하지만 백현은 한동안 그 자리에 서서, 괴인과 마주 서서 느꼈던 것들을 곱씹었다.

특히나 깊게 인상이 남은 것은 괴인의 등 뒤에 펼쳐져 있던 끝 모를 어둠이었다. 공포와는 다른 이질감. 이 세상의 것이 아닐뿐더러, 존재해서도 안 되고 존재할 수 없는 것을 보는 것 같은 기분.

어렸을 적에 인터넷에서, 심해 공포증이랍시고 올라오던 깊은 바닷속의 풍경……. 그걸 보고 느꼈던 기분을 농축시킨 것만 같은.

'공포?'

괴인은 그 어둠을 두고서 혼돈이고, 심연이라고 말했다. 어중간한 신격이라면 보는 것만으로 미쳐 버린다고도 말했다.

'혼돈의 근원'.

백현은 그것을 떠올렸다.

'방금 그게 혼돈의 근원인가?'

그렇다면 그 괴인의 심연의 왕좌라는 놈인가?

이해가 잘되지 않았다. 재생의 뱀은 심연의 왕좌가 혼돈으로 회귀했다 하였고, 놈에게는 제대로 된 자아가 존재하지 않는다고 했었다.

괴인의 정체가 심연의 왕좌인지는 알 수 없었지만, 이것 하나는 알 수 있었다. 라이 룽은 혼돈의 근원을 두고서, 언젠가 대면하게 된다면 이해할 수 있을 것이라 말했다.

'혼돈의 근원은 그 누구도 감당할 수 없어.'

백현이 느낀 인상도 똑같았다. 저것은 감당할 수 있는 힘이 아니었다. 그렇기에 괴인의 정체를 더욱 알 수가 없었고, 불쾌감만이 진하게 남았다. 백현은 답답한 마음에 머리를 벅벅 긁고서 계단을 올랐다.

괴인의 정체가 궁금하기는 했지만, 지금 당장 해야 할 일은.

백현은 반쯤 열린 철문 앞에 섰다. 문틈 안에서 보이는 어둠은 밖으로 흘러나오지 않고 그 안에 고여 있었다. 백현은 심호흡을 한 번 하고서 문틈 안으로 들어갔다.

어둠은 짙었다. 끈적끈적하기는 했지만 아까 전 괴인의 어둠만큼은 아니었다. 연리운은 이곳에 들어온 순간 움직이지 못하고 주저앉았으나, 백현은 그저 기분만 나빴다.

백현은 멈추지 않고 앞으로 걸었다. 백현은 빛 한 점 없는 곳에서도 대낮처럼 환하게 볼 수 있었지만, 이곳의 어둠은 그의 눈으로도 꿰뚫어 볼 수 없었다.

하지만 그 어둠 속에서도, 두 가지는 볼 수 있었다.

아무도 앉지 않아 텅 비어 있는 화려한 왕좌. 그 근처에 남자가 서 있었다. 그는 몸을 숙이고서 왕좌를 보고 있었는데, 머리는 타고 남은 재의 빛깔 같은 회색이었다.

이 어둠 속에서도 남자의 두 눈은 불꽃처럼 환한 주황색으로 빛나고 있었다.

무령은 백현을 보지 않고 왕좌를 천천히 어루만졌다. 갓난 아기를 만지듯 부드러운 손길에, 백현은 삐딱하게 고개를 기울이며 말했다.

"그렇게 소중하면 만지지만 말고 앉지그래?"

"……그럴 필요 없다."

무령이 입을 열어 대답했다. 그 낮은 목소리는 어둠을 진동시켰지만, 이전에 박준환을 통해 들었던 것과 같은 파괴적인 패력은 느껴지지 않았다.

무령이 고개를 돌려 백현을 보았다.

"결국, 이곳에 왔구나."

"맞고 자란 아들치고는 강했어."

"……그게 무슨 소리냐?"

"어느 세상이든 가정 폭력은 안 좋은 거야."

무령은 이해할 수 없다는 눈으로 백현을 보았다. 하지만 백현의 말에 반응하지는 않았다.

백현은 자신을 쳐다보는 무령의 눈동자 안에서 흔들리는 어둠을 보았고, 무령은 왕좌를 어루만지던 손을 아래로 내렸다.

"네가 인간치고 뛰어나다는 것은 인정할 수밖에 없겠군."

"그걸 이제야 인정해?"

백현은 어이가 없어서 되물었지만, 무령은 아랑곳하지 않았다. 무령이 숙이고 있던 몸을 일으켰다.

쿠우웅!

그러자 느끼지 못했던 거대한 존재감이 백현을 압박했다. 백현의 몸에 달라붙어 있던 어둠이 무령의 기세에 모조리 흩어져 사라졌다.

"건방 떨지 말라. 인정했다 한들 네가 벌레가 아니게 된 것은 아니다."

"허."

백현은 그 오만무도한 말을 들으면서 헛웃음을 흘렸다.

"그럼 나한테 진 사신장들은 뭔데? 네 아들은?"

"벌레에게 패배해 죽었다면 똑같은 벌레일 뿐이지. 그리고 너는 아까부터 대체 무슨 말을 하고 있는 것이냐. 본좌에게 아들 같은 것은 없다."

"연리운이 네 아들이라 하던데?"

"인간이었을 적에는 그랬지. 하지만 서로가 인간이 아니게 된 지금, 인간이었을 적의 관계에 연연할 이유가 있는가?"

무령의 두 눈에서 혼돈의 어둠이 걷혀갔다. 그는 타오르는 불꽃과 같은 눈으로 백현을 응시했다.

그건 회광반조(廻光返照)였다.

몇 년 동안 무령의 정신을 어지럽히던 혼돈은, 결국에는 그가 이룬 신격을 완전히 먹어치웠다. 하나 무령은 그것을 느끼지 못하고 있었다.

"본좌는 혼돈을 정복하였노라."

무령은 자부심에 가득 찬 목소리로 그를 선언했다.

지금 이 순간, 무령은 최근 몇 년 동안 느꼈던 어지럽고 괴로운 광증을 조금도 느끼지 않았다. 머리는 무척이나 맑았고 전신은 활력으로 가득 차 있었다.

"이 멋진 날, 감히 주제도 모르고 무의 총애를 받는다 떠들던 벌레까지 앞에 있으니 어찌 기쁘지 않겠느냐. 자아, 오거라 벌레야. 오만에 취한 네게, 벌레가 감히 알지 못하는 하늘의 존재를 알려주도록 하마."

무령이 뒷짐을 지며 말했다. 그는 백현이 오만하다고 말했지만, 지금 무령이야말로 그 누구보다 오만했다. 무령은 우두커니 선 백현을 향해 이죽거렸다.

"무어냐? 이제 와서 두려움이라도 느끼는 게냐?"

백현은 대답하지 않고서 파천신화공을 운용했다. 무령은 백현의 몸에서 치솟는 학살연무강을 보며 비웃음을 흘렸다.

"그래 봤자 벌레의 무학. 무의 총애를 말하기에는 한참 이르다."

자부심에 가득 찬 말을 하나하나 받아줄 생각은 없었다. 무령이 신격을 상실했다는 것이 사실인지는 모르겠지만, 그에게서 느껴지는 기세는 우습게 볼 수준이 결코 아니었다. 신격이 상실되었다고 해서 무령이 인간이었을 적 익혔던 무공과 힘이 완전히 사라진 것은 아니었다.

"오거라."

재촉하지 않아도 가줄 생각이었다.

백현의 모습이 사라졌다.

여유롭게 뒷짐을 지고 서 있던 무령은 숨기지 않고 비웃음을 입가에 머금었다. 신격을 상대로 인간의 무학으로 승부를 보고자 하는 꼴이 우습기 짝이 없었다. 아무래도 저 인간은 신과 싸운다는 것이 무엇인지 이해하지 못하는 모양이었다.

철혈궁, 특히 왕좌가 있는 이 방은 무령이 가장 전지전능할 수 있는 성역이었다. 군주들이 다른 군주들의 성역을 침범하지 않는 이유? 그야 할 수 없어서지만, 만약 가능하다고 해도 성역의 침범은 절대로 하지 않을 미친 짓이다. 아무리 상위 신격이라 해도 다른 신격의 성역에서 싸우는 것은 굉장한 부담을 갖는다.

'훤히 보인…….'

아니.

보이지 않았다. 무령은 그제야 자신의 신력(神力)이 사라졌음을 깨달았다. 어째서 깨닫지 못했지?

무령은 헉하는 소리를 삼키며 급히 반걸음 뒤로 물러섰다. 언제나 당연하게 느끼던 신력이 왜 사라졌단 말인가.

'그렇다면 이 활력은 대체……?'

걸음을 뒤로 물리며 무령은 빠르게 자신에게 일어난 이변을 파악했다. 혼돈에 침식된 이후 줄곧 달고 있던 두통이 사라졌고, 자신을 자신이 아니게 만드는 것 같은 광기도 느껴지지 않았다. 그건 마치 오랜 악몽에서 깨어난 것만 같은 기분이었지만, 그간 있었던 모든 일과 느꼈던 감정은 모조리 남아 있었다. 하지만 그 활력 넘치는 상쾌함은 틀림없는 진실이었다! 그래서 당연히 혼돈을 극복하였다 생각했다.

아니었다.

'내공?'

활력의 근원은 몸 안을 가득 채운 끝 모를 내공이었다.

그것을 알았을 때, 무령의 얼굴이 악귀처럼 일그러졌다.

"으아아아!"

충만한 신력이 사라지고 내공이 그 자리를 대신하고 있다는 것. 그것은 무령이 신이 아닌 존재가 되었다는 증명이었기에.

백현은 대뜸 소리를 지르는 무령을 이해할 수 없었지만, 이것 하나는 알았다. 지금의 무령은 빈틈투성이였다.

빈틈이 보이면?

고민할 것도 없다. 당연히 때려야 했다. 백현은 발을 박차고 나가 무령에게 뛰어들었다.

사자후를 터뜨리며 분노하던 무령은 뒤늦게 백현의 존재를 느꼈지만, 그에게 있어서 백현은 여전히 벌레 따위에 지나지 않았다.

그건 치명적인 오만이었다. 신격으로 남았다면 모를까, 지금의 무령은 신력 대신에 내공을 힘으로 삼고 있었다. 본래라면 백현의 공격은 아득할 정도로 격의 차이가 나는 무령을 침범할 수 없을 터이나, 지금은 아니었다.

백현은 빈틈 가득한 무령에게 뛰어들어 주먹을 날렸다.

그 순간에도 백현은 저 노골적인 빈틈이 무엇을 의도하는 것인지 의심하고 있었다. 저 오만무도한 군주가 나를 시험하고자 하는 것인가? 일부러 틈을 보여 공격의 기회를 주고, 당연하다는 듯이 피하거나 막아서 반격을 선물하려는 걸까?

'무엇이든지.'

빈틈을 노출해 가며 노리는 바는 알 수 없었지만, 무령이 어떻게 나오든 간에 대응하기 위한 준비를 갖추었다.

'지금인가?'

주먹이 가까워져 간다. 막으려면 지금이 적기인데? 무령은 여전히 고함을 지르고 있었다.

'조금 더?'

여기서 막기에는 늦지 않나? 설마 피하려는…….

콰직.

백현의 주먹이 무령의 옆구리에 처박히고, 무령이 지르던 고함이 컥하는 신음이 되었다. 주먹에서 확실한 타격의 감촉이 전해졌고, 백현은 무령이 맞았다는 사실을 믿을 수 없었다. 도중에 분명히 눈이 마주쳤다. 기세만으로 파악한 무령의 기량이라면 충분히 대응하고도 남았다.

"커윽……."

무령의 몸이 상체가 옆으로 휘어졌다. 대체 뭐 하자는 것인지는 알 수 없었지만, 백현은 이성적으로 행동을 옮겼다.

다닥 붙인 발걸음이 무령과의 거리를 더욱 좁혔고, 거기서 멀리 뻗은 발을 무령의 발 사이로 넣었다. 다리를 걸어 균형을 무너뜨릴까 하다가, 백현은 무릎을 곧추세워 무령의 사타구니를 걷어찼다.

무령은 입이 쩍 벌어진 채, 비명도 제대로 지르지 못했다.

백현은 다른 주먹을 휘둘러 무령의 뺨을 때려 갈겼다.

꽈아앙!

커다란 소리와 함께 무령의 몸이 어둠 너머로 나뒹굴었다. 백현은 알 수 없다는 표정을 지으면서 자신의 양손과 무릎을 내려 보았다. 카르파고를 때렸을 때처럼, 때렸는데 때리지 않은 것 같은 감촉도 아니었다.

'때렸어.'

이렇게 쉽게? 백현은 괜스레 든 불쾌감에 무릎을 툭툭 털었다. 닿는 순간 느꼈던 물컹한 느낌이 굉장히 기분 나빴다.

바닥에 널브러진 무령은 갑작스러운 신력의 상실이라는 처지를 어떻게든 이해하려 해보았지만, 끔찍한 고통 덕에 제대로 생각을 이어갈 수가 없었다. 벌레처럼 여기던 인간에게 공격을 허용했다는 분노조차도 고통의 아래였다.

"끄으으……."

이런 고통은 태어나서 처음이었다. 인간이었을 적에도 천마신교의 교주였고, 고금제일인이라 추앙받던 것이 무령이다. 그런 그가 언제 고환을 걷어 차여봤겠는가? 게다가 단순히 걷어차인 수준도 아니고 아예 아작이 나버렸다.

"끄……!"

영원할 것 같던 고통이 끝났다. 신격과 신력은 사라졌지만, 그가 가진 초월된 육체마저 사라진 것은 아니었다.

아작 난 고환을 비롯해 육체가 재생했다. 무령은 벌떡 일어서서 고함을 질렀다.

"벌레 새끼!"

상황의 이해는 나중이다. 시뻘건 호신강기가 무령의 전신을 뒤덮었다. 설마 이것으로 끝일까 싶던 백현의 표정이 밝아졌다.

꽈앙!

무령이 도약했다. 그는 순식간에 거리를 좁혀오며 일장을 내질렀다. 신력은 없었지만, 무령이 가진 끝없는 내공은 그 단순한 손짓에도 가공할 위력을 부여했다.

백현은 빠르게 발을 뒤로 물리면서 양손을 들어 올렸다.

뻐어엉!

맞닿은 순간 공간이 박살 나고 백현의 몸이 뒤로 쭉 밀려났다. 공격을 받아낸 것뿐인데 호신강기가 흐트러지고 양팔이 으스러지는 것만 같았다.

'뭔 위력이……!'

여태까지 꽤 많은 싸움을 해보았지만, 이렇게까지 위력적인 공격은 처음이었다. 이런 공격을 제대로 허용했다가는 그것으로 끝이다. 백현은 방어를 부수듯이 밀고 들어오는 무령의 손에 맞서면서, 버티지 않고 아예 방어를 그만두었다.

빼애액!

타격 직전에 몸을 비틀어서, 종이 한 장 차이로 공격을 피해냈다. 그것만으로 몸이 통째로 뜯겨 날아가는 것만 같았다.

"감히!"

무령이 쩌렁쩌렁 고함을 내질렀다.

백현은 무령에게 바짝 붙어서 아래로 내린 손을 활짝 폈다. 그곳에서 터져 나간 강기의 폭류가 무령의 몸을 덮쳤지만, 백현의 강기공은 무령의 호신강기에 완전히 가로막혔다.

백현은 그 광경을 보며 혀를 내둘렀다.

쿠웅!

무령이 발로 땅을 내려찍었다.

방 안은 어둠으로 가득 차 있어 바닥이 보이지도 않았지만, 발구름으로 인해 기의 파동이 퍼져 나가는 것은 느낄 수 있었다. 백현은 급히 삼계유희의 보법을 펼쳐서 그 반경에서 벗어났다.

꽈과광!

무령을 중심으로 강기의 송곳이 치솟았다. 무령은 씨근거리는 숨을 내뱉으며 고개를 돌려 백현을 쳐다보았다.

무령이 홱- 하고 손을 뻗자, 바닥에서 솟구쳤던 강기의 송곳이 쭉 늘어나더니 백현을 향해 쏘아졌다.

'맨몸으로는 안 돼.'

백현은 빠르게 그것을 인정했고, 그 즉시 쇄혼을 펼쳤다.

빠직!

백현의 몸 안에서 무언가 박살 나는 것만 같은 소리가 들렸다. 심장이 터질 듯 빨리 뛰면서 의식이 아득하게 확장되었다. 상단전에서 뽑아내는 의념지기가 백현의 전신으로 퍼져 나갔고, 그와 함께 움직인 단전의 내공이 의념지기와 공명했다.

육성에 이른 파천신화공이 극성으로 펼쳐졌다. 백현의 두 눈이 핏빛으로 물들었다. 의식이 확장되며 그가 인지하는 세상이 순간적으로 느려졌다. 천천히 다가오는 강기의 송곳을 직시하며, 백현은 허공에서 자세를 바꾸었다.

백현의 두 눈이 강기의 흐름을 읽었다. 날카로운 강기의 돌풍이 그의 전신을 휘감아 낭아천섬을 만들었다.

백현은 풍신이 되어 공간을 달렸다.

꽈르릉!

그는 강기의 흐름 중 약한 부분을 노리고 앞으로 돌진했다.

그 결과로 강기의 송곳이 다닥다닥 소리와 함께 끊겼다.

무령은 쇄도하는 백현을 보며 얼굴을 일그러뜨렸다.

"건방진 놈!"

콰아앙!

외침의 뒤에 무령의 몸이 뒤로 쭈욱 밀려났다. 피하지 않고 백현의 질주를 받아낸 것이다. 무령에게는 그래도 될 정도로 견고한 호신강기가 있었다.

하나 무령이 받아낸 것은 백현의 몸이 아닌, 풍신천주와 낭아천섬의 껍데기뿐이었다.

푸확!

그 껍데기가 부풀어 오르면서 천상기린의 유아백탈이 되었다. 수백 개의 송곳이 무령에게 쏘아졌다.

"파(破)!"

무령은 고함을 지르며 주먹을 내질렀다.

빼어엉!

그 일격에 유아백탈이 깨졌다. 백현은 즉시 양의무극회환으로 내공을 회수하고서 땅을 박찼다.

무령의 두 눈에 광기가 어렸다. 혼돈에 의한 광기가 아닌, 백현에 대한 광적인 살의로 피어난 광기였다.

"고작 이 정도로 신에 도전하였느냐!"

좋다고 외치는군. 백현은 그런 생각을 하면서 육체와 정신을 가속시켰다. 쇄혼은 의념지기로 육체를 각성시킨다. 그만큼의 부담은 있지만 쇄혼을 펼치는 도중에는 한계를 뛰어넘을 수 있다.

"무의 총애?"

무령이 비웃음을 터뜨렸다.

파박!

백현과 무령의 몸이 얽혔다. 무령은 피하지 않고 응수에 나섰다. 처음에 공격을 허용했던 것은 신력을 잃은 것에 당황했기 때문이다. 그것을 이해하고 제대로 마음먹고 싸움에 나서는 이상, 무령은 자신의 패배를 생각하지 않았다.

당연한 일이다. 무령에게 있어서, 백현은 고작해야 인간일 뿐이었다. 물론 그가 인간, 그 약해 빠진 벌레 중에서 가장 강하다는 것은 인정한다. 인정해 준다.

그래도 바뀌는 것은 아무것도 없다. 신격이 사라지고 신력을 잃었다고 해도 무령에게는 무한한 내공이 있었고, 인간과 비교가 되지 않을 정도로 강력한 육체가 있었으며, 긴 세월 무공을 익혀온 경험이 있었다.

"감히 너 따위가!"

그렇기에 분노하는 것이다.

한때는 자신이 무의 총애를 받고 있음을 의심한 적이 없었지만, 지금은 그것이 허상임을 안다. 인간 따위가 무의 총애를 말하는 것은 무령의 평생을 부정하는 것이다.

백현은 공격하는 것을 그만두었다. 그는 평범한 공격으로는 무령의 방어를 뚫을 수 없음을 인정했다. 저 무식하기 짝이 없는 호신강기는 절대로 뚫리지 않는 방패였다.

끝 모를 내공을 가지고 있던 것은 연리운도 마찬가지였지만, 그와 무령은 비교가 되지 않았다. 아무리 물통에 물이 많아도, 물이 나오는 구멍이 작다면 물줄기도 가늘 수밖에 없다.

하나 무령은 넘치는 내공을 절제 없이 모조리 쓰고 있었고, 그게 연리운과의 결정적인 차이였다.

몸뚱이가 다르기 때문이다. 신격으로서 이룬 몸뚱이는 저 무한한 내공을 그대로 사용하게 만들고 있었다.

공격을 그만두었다고 해서 싸움을 포기한 것은 아니었다. 백현은 전 신경을 날카로이 세우고 기감을 모조리 열었다. 그는 무령의 공격 궤로를 모조리 보면서, 방어를 도외시한 채 회피 동작에만 집중했다.

벌레. 무령에게 있어서 백현은 정말로 벌레 같았다. 그것도 아주 작고 빠른 날벌레. 무령은 성난 공격을 퍼부었지만, 그의 공격 중에서 백현에게 닿는 것은 없었다.

백현은 아주 미세한 차이로 무령의 공격 반경 너머에서 노닐었다. 다음이 없다. 백현은 그것을 확실하게 인지하고 있었다. 이곳은 도원경이 아니다. 정타를 허용하면 그게 곧 죽음으로 이어질 것이고, 죽으면 그것으로 끝이다.

죽은 뒤에는? 무령은 신격을 잃었고, 어쩌면 굳이 백현이 쓰러뜨릴 것도 없이 시간이 지나면 완전히 혼돈에 삼켜져 타락해 괴물이 될 것이다.

그 뒤에는? 철혈궁의 권속들 전원이 무령과 같은 괴물이 될 것이고, 무령과 계약한 헌터들도 그와 같은 괴물이 되겠지.

그건 솔직히 크게 알 바 아니었다. 헌터들이 괴물이 된다면 세상이 난리가 나겠지만, 그렇다고 세상이 망하지는 않을 것이다. 애당초 그건 백현이 죽은 뒤에 일어날 일일 텐데, 죽은 뒤에 있을 일이 대체 무슨 상관인가?

그럼에도 백현은 이곳에서 도망칠 생각이 없었다. 세상의 혼란을 막겠다는 영웅 심리 때문은 당연히 아니었다. 공명심 때문도 아니었다. 애당초 백현이 이곳에서 하고 있는 개고생을 세상 사람들은 알지도 못한다.

백현이 굳이 이곳에서 무령과 싸우는 것도, 여태까지 무령과 싸우려 한 것도. 전부 사적인 이유 때문이다.

시작한 쪽은 무령이었다. 사실 거기서 그만두고자 했다면, 얼마든지 그만둘 수 있었다. 박준환의 죽음으로 끝낼 수 있는 문제였단 말이다.

굳이 남쪽으로 내려온 것? 무령의 영역으로 가서 사신장을 만나 싸움을 건 것? 이유는 간단했다. 싸우고 싶었다. 시련을 갈구했다. 한계를 시험해 보고 싶었다.

그 뒤에는? 결정적인 것은 제종과 만난 후였다. 제종에게서 무령의 이야기를 듣고서. 한계를 시험하고 싶다는 마음에…… 개인적인 사심이 더해졌다.

'면상.'

저 새끼의 잘난 면상을 꼭 한번 보고 싶어졌다.

놈은 신이 아니다. 한때는 신이었을 지도 모르겠지만, 이것만은 틀림없었다. 놈은 무(武)의 령(靈)이 아니었다.

무령의 근원에 대해 들었다. 놈은 무공을 익힌 인간이었고, 무공을 통해 신이 되고자 하였지만 실패한 놈이다.

결국, 무공을 포기하고 잡스러운 방법을 통해 불완전한 신격을 획득한 것에 지나지 않는다. 그런 놈이 스스로를 신이라 말하며 으스대는 꼴은 솔직히 말해서 꼴같잖았다.

'넌.'

공격과 방어를 도외시하고 무조건 피하기만 시작한 후, 백현은 단 한 번도 눈을 감지 않았다. 그 긴 시간 동안 쭉 눈을 뜨고, 눈동자를 쉼 없이 움직이며 무령의 움직임을 좇았다. 하지만 이제는 그럴 필요가 없었다.

백현은 꽤 오랜만에 눈을 한 번 감았고, 그러면서 상체를 옆으로 틀었다. 끝까지 보지 않았던, 볼 필요도 없었던 무령의 공격이 백현의 몸을 아슬하게 비껴갔다.

백현은 여전히 눈을 감고서 발과 몸을 움직였다. 쉬지 않고 이어진 공격이 퍼부어졌지만, 여전히 무령의 공격은 백현에게 닿지 않았다.

'약해.'

스스로를 신이라 말하는 게 우습게 느껴질 정도다.

백현은 눈을 뜨고서 주먹을 쥐었다.

무령이 신격이 되어 손에 넣은 것은 절대적인 무공이 아니다. 그가 인간으로서 이룩한 무의 수준은 결코 낮지 않았으나, 그렇다 해서 전능한 것은 아니었다. 오히려 무도에 열정적이었던 것은 인간이었을 때였다. 사악을 통해 신격을 이룩한 후로, 무령에게서 무도에 대한 열정은 사라졌다.

그럼에도 그가 자신의 신명을 무령(武靈)라 한 것은, 끝끝내 무를 통해 신이 되지 못한 것에 대한 광기 어린 집착에 지나지 않았다. 때문에 그에게 있어서 백현은 눈엣가시를 넘어 증오의 대상이었다. 그 선불렀던 살의가 혼돈의 침식에 의한 광기의 결과라 한들, 무령은 절대로 백현의 존재를 용납할 수 없었다.

이 세상에 무의 총애라는 것은 존재하지 않는다. 존재해서는 안 된다. 총애의 대상이 존재한다는 것 자체가 무령이란 신격에 대한 모독이고 부정이었다.

"벌레……."

무령은 지독한 혐오와 경멸을 담아 그렇게 내뱉었고, 그 말은 도중에 뚝 끊겼다. 공격과 방어 없이 회피만 하던 백현이 돌연 태도를 바꾸었기 때문이다.

무령은 이 상황에 큰 짜증을 느끼고 있었다. 신인 자신이 내공이라는 인간의 힘을 쓰고 있는 현실도 마음에 들지 않았고, 그 때문에 저 벌레 새끼를 마음처럼 쉽게 죽여 버릴 수 없다는 사실이 화가 났다.

주제를 모르는 것에도 정도가 있는 법이다. 격이 다르다는 것은 충분히 인지했을 터, 그렇기에 저항을 포기하고 하찮은 목숨을 부지하고자 방방 뛰어다니던 것 아니었나?

무령은 거리를 좁혀오는 백현을 보며 얼굴을 일그러뜨렸다. 이제 와서 공격해 본들 무엇이 변한다는 것이냐. 처음에 몇 번 맞아주었다고 아직 희망을 품고 있는가?

그렇다면 좋다. 무령에게서 폭발적인 투기가 치솟았다. 그는 활짝 편 손을 앞으로 뻗으며 백현의 전진을 가로막았다.

'보인다.'

보이지 않았던 것이 보인다. 백현은 이 싸움에서 절대로 패배하고 싶지 않았다.

무령이 백현을 혐오하는 것처럼 백현 역시 무령을 혐오했다. 차라리 무령이 생각했던 것만큼이나 강했다면. 놈이 정말 신이라서, 일방적인 싸움이 되었다면 모르겠지만. 스스로를 신이라 말하는 무령의 힘은 백현의 기준에서 한참이나 부족했다.

고작 저 정도로 무령이라는 신명을 대고, 신이라 말하는 것은 백현이 지향하는 신격에 대한 모독이었다. 아니, 그 모독은 백현에게서 끝나지 않는다. 무공으로써 신이 되겠다고 말한 것은 백현 이전에 무신마 주한오였고, 그는 끝내 신이 되지 못하고 등선하여 선계로 떠났다.

'스승조차 이루지 못했던 신격이 고작 저 정도라고?'

백현의 가슴 속에서 불길이 치솟았다.

꽈아아!

무령이 뻗은 손이 공간을 찢어발겼다. 백현은 자세를 바짝 낮추고서 그 궤적 아래로 파고들었다.

백현은 꽉 쥐고 있던 양 주먹을 동시에 내질렀다.

쩌엉!

무령의 호신강기가 크게 출렁였다. 무령은 눈살을 찌푸리고서 맞닿은 주먹을 보았다. 약해 빠진 공격이다. 하지만 왱왱거리며 날아다니던 모기가 한 방 침을 놓으면 누구나 기분이 나쁜 법.

무령은 모기를 쫓아내듯 손을 휘둘렀다. 하지만 백현은 맞지 않았다.

무령의 움직임은 훤히 보인다. 놈이 어떻게 공격을 하는지도 이미 파악했다. 무공이란 결국 몸을 써서 싸우는 것이다. 무령이 신령을 쓰지 못하는 이상, 놈은 그저 무한한 내공을 절제 없이 사용하는 인간에 지나지 않았다. 그렇다면 대응할 수 있다.

강자와의 싸움? 그런 경험이야 수두룩하게 많았다. 오히려 자신보다 약한 상대와 싸운 경험이 더 적었다. 약자가 강자와 싸우기 위해 최우선적으로 필요한 것.

그건 눈썰미다.

백현은 무령의 몸 전체를 보았다. 놈이 다루는 무식하기 짝이 없는 내공이 어떻게 움직이는지를 보았고, 공격이 펼쳐지며 놈이 어디를 먼저 움직이는지를 보았다.

무령은 오른손잡이였다. 놈에게 있어서 가장 익숙한 손이 바로 오른손이었다. 쥐어 때리는 권(拳)보다는 밀어 쳐내는 장(掌)을 선호했다. 각법은 거의 사용하지 않았지만, 발로 땅을 찍는 동작을 자주 사용했다. 앞으로 움직일 때는 왼발이 자주 앞으로 나갔고, 무식한 호신강기 덕분인지 회피는 거의 하지 않았다.

또, 놈은 의외로 근접전이 장기는 아닌 듯했다. 그건 연리운과 비슷했다.

가진 배경 때문이다. 천마신교라는 거대 집단의 교주. 물론 무령도 처음부터 교주는 아니었겠지만, 전대 교주의 아들로 태어나 어린 시절부터 뛰어난 재능을 선보이며 두각을 보였을 것이다.

그 결과 신교 내의 고수들의 지도를 받으며 신공절학을 전수받고, 영약을 밥 먹듯이 받아먹으며 내공을 키웠겠지.

성장에 큰 어려움은 없었으리라. 막대한 내공을 바탕으로 펼치는 강기공. 당장 연리운이 펼쳤던 천마신공만 해도 강기공이 주력이었다.

물론 무령과 연리운은 근접 박투가 못 봐줄 수준인 것은 아니었다. 객관적으로 볼 때, 그들의 근접 박투 수준은 천하제일을 논하기에 충분했다.

하지만 백현이 보기에는 아니었다. 살아온 환경이 달라도 너무 다르다. 백현은 무령이나 연리운보다 생사결을 겪은 횟수가 몇백, 몇천 배는 많았다. 선도를 먹어 백 년 분의 내공을 얻었다고는 해도, 그가 싸운 상대는 대부분이 백현보다 내공과 기공에서 우월한 상대였다.

'다를 것도 없어.'

무령이 신이 아니라면, 이 싸움은 여태까지 해온 싸움들과 똑같다.

백현은 허리를 크게 꺾어 다리를 휘둘렀다. 다리를 감싼 강기가 예기를 띠어 검강이 되었다.

촤라락!

다리로 펼친 연검술, 흑암광풍과 광풍무곡이 무령의 눈앞을 뒤덮었다. 무령은 이번에도 활짝 편 오른손을 내질러 그것을 통째로 밀어 없애 버렸다. 그리고 왼발을 뻗어 땅을 찍었다.

그 순간에 백현은 이미 하늘 높이 도약해 있었다. 백현의 양손에 시커먼 어둠이 들끓었다.

꽈꽈꽝!

발 구름 뒤에 높이 치솟은 강기의 송곳이 백현을 노렸지만, 백현은 그 틈 사이를 향해 주저 없이 뛰어들었다.

스친 송곳이 백현의 호신강기를 파괴했다. 움직임이 조금만 틀어지면 사지가 찢기고 몸에 커다란 구멍이 나겠지만, 백현은 자신이 맞지 않을 것이라는 확신을 가지고 있었다.

백현이 모았던 손을 크게 펼쳤다. 들끓던 어둠이 크게 터지면서 흑운이 펼쳐졌다.

콰르르르!

무령의 머리 위에서 흑운이 떨어졌다. 의념지기로 펼친 흑운으로도 무령의 호신강기는 뚫지 못했다. 하지만 무령의 무릎이 크게 굽혀졌다.

"이놈……!"

무령이 끓는 목소리로 내뱉었다. 백현은 흑운에 정통으로 얻어맞은 호신강기가 크게 뒤흔들리는 것을 보았다. 무령의 아들인 연리운은 의념지기를 사용했는데, 무령은 아직 의념지기를 사용하지 않고 있었다.

'못 쓰는 건가?'

설마 그럴 리가. 백현은 양손을 흑운으로 휘감고서 무령에게 달려들었다.

무령은 얼굴을 일그러뜨리고서 오른손을 뻗어 일장을 날렸지만 이미 몇 번이고 보았고 몇 번이고 피했던 공격을 이제 와서 맞을 리가 없었다.

—꽝!

백현이 내지른 주먹이 무령의 상체를 뒤로 물러서게 만들었다. 이번에도 호신강기가 크게 출렁거렸다.

두 번. 확신을 내리기에는 충분한 숫자였다. 의념지기를 통한 공격은 저 무식하기 짝이 없는 호신강기를 뒤흔드는 것이 가능하다.

확신을 얻은 순간, 백현의 의식이 가속했다. 무령이 뭉친 강기가 눈앞에서 터졌지만, 폭발 직전의 틈은 그가 움직이기에 충분한 시간이었다. 지금의 백현은 그가 거쳐온 무수히 많은 싸움 중 그 어느 때보다 빨랐다.

무령의 몸이 연거푸 뒤로 밀려났다. 그는 황급히 손을 휘저어 백현의 공세를 차단하려 했지만 막히지 않았다. 신격이 상실된 무령은 신이 아니게 되었으나, 그렇다고 인간이 된 것도 아니었다.

'왜?'

의념지기조차 사용할 수 없었다. 내공은 충만했지만, 모순되게도 무령은 텅 빈 공허함을 느끼고 있었다.

그의 얼굴이 추악하게 일그러졌다. 무령은 인간이었을 적 익혀왔던 모든 무공을 떠올렸다. 그것 하나하나가 무령의 몸짓에 어렸다. 고작 벌레를 상대로 기술을 펼치는 자신에게 분노가 차올랐지만, 이렇게 밀리는 것이 그 자신을 더욱 용납할 수 없게끔 만들었다. 무령의 공격이 초식이 되었다.

안다. 백현은 보고 느끼고 행동했다. 반격을 피하고 파고들어서 호신강기에 주먹을 찍었다. 출렁거리던 호신강기가 크게 파였다. 백현은 즉시 주먹을 뽑아내고서 다른 주먹을 그 자리에 내질렀다.

푸확!

그 일격이 호신강기를 무너뜨렸다.

'이럴…….'

무령은 생각을 이어가지 못했다.

백현이 시뻘겋게 물든 눈으로 무령을 노려보면서 거리를 좁혔다. 무령은 급히 양팔을 들어 방어를 세웠다.

꽈직!

백현이 쏘아낸 주먹이 팔 사이를 비집고 들어가 무령의 안면에 처박혔다.

"커윽!"

무령의 코가 주저앉고, 피가 뿜어졌다. 그는 비틀비틀 뒷걸음질 치면서 막무가내로 손을 휘저었다. 거대한 내공이 무차별적으로 뿜어졌다.

제대로 형성조차 되지 못한 강기였다. 백현은 활짝 편 왼손으로 원을 그리며, 유화태극무한으로 그 힘을 정면에서 흘뜨려 버렸다.

무령은 그것을 보며 경악으로 두 눈을 크게 떴다.

'인간이 어떻게…….'

이해할 수 없었다. 아니, 이해하고 싶지 않았다.

무령에게 있어서 인간은 나약한 존재였고, 무도란 아무리 익힌다 한들 절대로 인간을 신의 길로 이끌 수 없는 것이었다. 신력을 사용할 수 없어서? 그렇다고는 해도, 무령 역시 한때 광적으로 무도를 맹신하던 무인이었다. 비록 무도에 환멸을 느껴 포기했다고 한들, 그가 고금제일인이라 추앙받던 천마였던 과거가 사라지는 것은 아니다.

그를 떠올린 순간, 무령은 뼈저리게 느낄 수 있었다. 자신이 얼마나 좁은 시야를 두고서 싸우고 있었는지.

하나 깨닫는다 하여 무언가가 바뀌는 것은 아니었다. 무령은 지금 이 순간에도 덤벼오는 백현을 보면서 전신을 떨었다.

'무의 총애.'

결코 인정하고 싶지 않았던 것. 하나 무령은 무의식중에 그를 절감하였다.

처음에는 피하기 바빴던 놈이다. 호신강기조차 뚫지 못했던 놈이다. 벌레. 놈은 그저 벌레였다. 공격 한 번이면 죽일 자신이 있었다. 박준환의 몸을 통해 강림했을 때만 해도 놈은 전혀 대단하지 않았다. 유기가 죽고 제종이 죽었을 때도, 무령은 백현에게 조금의 위협을 느끼지 못했다.

그런데 어느 순간 놈은 이렇게 눈앞에 와 있었고. 무령이 처음 보았을 때보다 강해져 있었다. 심지어 지금 이 순간에조차!

그것을 깨달은 순간에 무령은 소름 끼치는 공포를 느꼈다. 저것이 정말로 인간이란 말인가? 어찌 인간이 저렇게까지 강해질 수 있단 말인가?

인정하고 싶지 않았다. 무령은 공포를 외면하며 악을 썼다. 극성 공력이 담긴 양손이 공간을 일그러뜨리면서 전진했다. 맞으면 안 된다. 그 생각만으로 전 감각을 곤두세웠다. 쳐내는 일장을 피해 몸을 옆으로 틀어 주먹을 뻗는다.

타격의 소리는 듣지 않았다. 일격으로 끝내서는 안 된다. 거리를 좁히면서 타격을 퍼부었다. 무령은 이를 악물었다. 난타전에서 밀리지 않기 위해 두 다리에 힘을 주고 양손을 빠르게 움직인다. 무령의 두 손이 수백 수천 개로 분영하며 공간을 가득 채웠다. 그러자 백현은 미련 없이 땅을 박차 공중으로 뛰어올랐다.

꽈아앙!

무령의 머리 위에서 또다시 흑운이 쏟아졌다.

"큭!"

무령의 몸이 크게 휘청거렸다. 백현은 숨을 몰아쉬며 즉시 무령의 뒤로 내려왔다. 그가 태세를 정비하기 전에 백현은 양손에 내공을 있는 대로 응집시켰다.

등 뒤에서 느껴지는 불길함에 무령이 급히 몸을 돌렸다. 그 시점에서 백현의 무공은 이미 완성되었다.

'파천.'

꽈지지직!

무령의 양팔이 높이 튀어 올랐다. 급히 세운 방어가 팔과 함께 통째로 뜯겨 버렸다. 무령은 흩뿌려지는 피와 아득한 고통 속에서 두 눈을 부릅떴다. 호신강기를…… 무령은 급히 그런 생각을 하였으나, 그 역시 늦었다.

쿠웅!

전진하기 위해 뻗은 오른발이 땅을 찍었다. 허리춤에 바짝 붙인 오른 주먹에 시커먼 흑운이 들끓었다.

"아, 안 돼……."

무령이 기겁해서 중얼거렸다.

꽈직!

꺾어 친 주먹이 무령의 머리를 옆으로 홱 돌렸다. 목이 뽑혀 나갈 듯이 길게 늘어났다.

백현은 크게 돌아간 허리에 반동을 주며 역방향으로 돌렸다. 그러면서 휘두른 반대 주먹으로 다시 무령의 머리를 때려갈겼다.

꽈앙!

무령의 머리가 역방향으로 돌아갔다. 허리가 끊어지는 것 같았지만 백현은 멈추지 않았다.

그는 예전에 보았던 권투 만화를 떠올렸다. 그 권투 만화의 주인공도 이 기술이 허리에 부담이 간다고 했었는데, 그 말이 딱 맞았다. 그래도 멈추지 않았다. 제 자리에서 때리기에는 딱 좋았기 때문이다. 백현은 미친 듯이 허리를 꺾고, 주먹을 휘둘렀다. 그럴 때마다 가슴 속의 무언가가 박살 나는 것만 같았다.

그건 신의 초상(肖像)이었다.

신격을 잃었다는 것은 들었다. 놈의 꼴을 보아하니 본래의 힘을 쓰지 못한다는 것은 충분히 짐작이 간다. 하지만 아무리 그렇다고 해도, 무도로 이룬 것이 아니라고 해도, 불완전하다고는 해도, 다른 군주에게 멸시를 당한다 해도, 무령이 신격이라는 것은 사실이었을 터.

'겨우 이런 게…….'

신격을 잃은 신은 이리도 하찮은가. 스승이 바랐으나 결국 되지 못했던, 내가 되고자 하는 신이 겨우 이런 존재인가.

콰직!

백현의 주먹이 무령의 안면 한가운데에 처박히고, 무령의 머리가 뒤로 젖혀졌다. 백현은 무령의 몸이 날아가지 않도록 손을 뻗어 그 어깨를 잡았다. 그리고 그 자리에서 몇 번 더 무령의 안면에 주먹을 꽂아 넣었다.

그럴 때마다 무령의 몸이 움찔거리며 떨렸다. 주먹에 수십 수백 번 얻어맞은 머리는 이미 그 횟수만큼 박살 나고, 재생했다. 하지만 지금은 그 재생력이 눈에 띄게 느려져 있었다.

의식은 끊어지지 않았다. 무령은 자신의 머리가 터지고 재생하는 것과 그로 인한 고통을 모조리 느끼고 있었다. 살아생전 처음 느끼는 고통의 연쇄가 무령의 정신을 박살 내고 있었다.

빼억!

올려친 주먹이 무령의 턱을 박살 내고 뇌를 터뜨렸다. 무령의 몸이 붕 날아 바닥을 뒹굴었다.

"꺼으…… 끄윽……."

무령은 끈적거리는 피를 토하며 신음했다. 그는 재생한 양손으로 땅을 짚으며 일어서려다가, 결국 서지 못하고 자리에 주저앉았다.

"일어서."

백현은 숨을 몰아쉬며 무령에게 다가갔다. 그 목소리에 무령의 몸이 벼락을 맞은 것처럼 바르르 떨렸다.

그는 자리에서 벌떡 일어서며 백현을 보았다. 무령의 얼굴이 하얗게 질렸다.

"오……."

무령은 손을 휘저으며 뒷걸음질 쳤다.

"오지 마라!"

왜 신력을 쓸 수 없지? 신이 되었다. 평생을 무공을 익혔으나 신이 될 수 없었다. 수십 만의 목숨을 바쳐 신격을 이루었고 어울리는 신력을 얻었다. 그 신력이 대체 어디로 가버렸냔 말이다. 그것만 있다면…….

"격의 차이를 보여주겠다며?"

백현은 거친 호흡과 함께 내뱉었다. 그 말에 무령의 얼굴이 공포로 일그러졌다. 그가 다시 뭐라 말하려 했지만, 어느새 백현은 바로 앞에 와 있었다.

꽈직!

내지른 주먹에 무령의 가슴이 함몰되었다. 무령의 두 눈은 앞으로 튀어 나갈 듯 떠졌고 입에서 시커먼 피가 분수처럼 뿜어졌다.

백현은 다른 주먹으로 무령의 배를 노렸다. 무령은 황급히 양손으로 배를 감쌌다.

"끄어억!"

가슴에 박아 넣은 주먹을 비틀어 뽑았다. 늑골이 수수깡처럼 부러지고, 무령은 고통에 몸을 떨었다.

백현은 파들거리는 무령의 손을 잡아 꺾고서 뽑은 주먹을 무령의 명치에 꽂았다.

빠엉!

타격과 내가중수법을 섞었다. 무령의 등판이 터져 나가면서 피와 살점이 비산했다.

"내가 이겼어."

무령은 의식이 흐려지는 도중에 그런 중얼거림을 들었고, 다리에 힘을 주지 못하고 그 자리에 주저앉았다.

빠악!

발에 걷어차인 무령의 몸이 땅을 뒹굴었다.

"왜…… 왜……."

무령은 바닥에 널브러져 꺼져가는 목소리를 냈다.

"어떻게…… 네가……."

백현은 대답하지 않고 무령에게 다가갔다.

무령은 그런 백현의 얼굴과 눈을 보았다. 피처럼 붉게 물든 눈은 승리에 대한 희열이라고는 느껴지지 않았다. 그것이 더욱 무령에게 두려움을 전해주었다.

'아.'

무령은 몸이 박살 나는 고통 속에서 깨달았다. 저 인간은 여기서 멈추지 않을 것이다. '나'라는 존재는 저 인간이 나아갈 무도에 있어서 끝이 아니라, 그 도중에 지나지 않는다. 결국, 저 인간은 무령이 그토록 바랐으나 결코 도달하지 못했던 곳에 도달할 것이다.

백현의 손에서 어둠이 피어올랐다. 그는 무덤덤한 얼굴로 죽어가는 무령에게 손을 뻗었다.

무령은 그것이 자신이 죽음이 될 것이라 짐작했다.

'안 돼…….'

패배와 죽음에 대한 공포보다, 무령은 그게 미치도록 싫었다. 자신보다 뛰어났던 아들이, 끝끝내 자신을 넘어서는 것을 도저히 보고 싶지 않았던 옛날처럼.

'제발, 제발…….'

공포와 집착이 극한에 달했을 때, 혼돈이 부풀었다.

그건 거대한 폭발이었다.

예상도 못 했다. 그만큼 폭발은 아무런 전조도 없었다. 하지만 대응은 했다. 눈앞에 시커먼 빛이 몰아쳤을 때, 백현은 즉시 만연비궁을 펼쳤다.

'뭐야?'

시커먼 빛 너머로 무령의 몸이 꿈틀거리며 붕괴하는 것이 보였다. 폭발로 덮쳐온 빛은 만연비궁의 꽃잎을 침식하며 녹여버렸다. 백현의 얼굴이 일그러졌다.

'동귀어진?'

백현이 그를 떠올렸을 때, 폭발과 백현 사이에 누군가가 난입했다.

연리운이었다.

6장
신격

오오오…….

전신이 으스러지는 것 같은 통증 속에서 눈을 떴다. 뱃속은 뒤집히는 것 같았고 기분은 역겨웠다.

백현은 욕설을 내뱉으며 양손으로 바닥을 짚었다. 눈을 떴는데, 눈앞은 희뿌연 막이 처진 것처럼 잘 보이지 않았다.

몇 번 눈을 깜박인 뒤에야 제대로 앞이 보였다. 방 안을 가득 채운 어둠은 어느새 사라져서, 전에는 보이지 않던 방의 풍경이 보이고 있었다.

사실 별 의미는 없었다. 무령과의 싸움, 그리고 조금 전의 폭발로 방은 이미 살풍경한 폐허가 되어 있었다.

백현은 멀지 않은 곳에 널브러져 있는 연리운을 보았다.

백현을 가장 당황하게 만든 것은 갑작스레 터진 폭발이 아닌, 연리운의 존재였다. 그는 정말로 갑자기 튀어나왔다.

그리고…… 그 행동.

백현은 비틀거리며 몸을 일으켰다. 폭발의 위력은 만연비궁으로 막아내기에 힘겨웠다. 도중에 연리운이 끼어들지 않았더라면. 연리운이 자신의 몸으로 폭발 사이에서 버텨주고, 백현을 밀쳐내 주지 않았더라면. 이 정도로 끝나지 않았을 것이다.

'왜?'

그래서 이해할 수가 없었다. 갑자기 끼어든 연리운의 행동은, 백현을 공격하기 위함은 절대로 아니었다. 그는 자신의 목숨을 도외시하고 백현을 구하려 했다.

대체 왜? 백현은 목구멍에서 올라온 핏물을 퉤 뱉었다.

'구할 이유가 있나?'

백현이 생각하기에는 없었다. 그는 연리운과 무령의 관계를 알지 못했거니와, 연리운이 품고 있는 감정 또한 알지 못했다. 백현의 관점에서 자신은 아버지를 죽이려 하는 원수였다.

"……야."

연리운의 몰골은 처참했다. 하얀 백발은 피와 먼지로 뭉쳐 더럽혀졌고, 입은 옷도 걸레짝이 되었다. 전신은 선혈이 낭자했는데 팔다리는 꺾이지 말아야 할 곳으로 꺾여 있었다.

사람이라면 죽어도 진즉에 죽을 상처였지만, 연리운은 아직 살아 있었다. 하지만 그 숨은 당장 끊어져도 이상하지 않을 정도로 미약했다.

백현은 발을 질질 끌며 연리운에게 다가갔다. 몸을 굽혀 연리운을 바로 눕히니, 창백하긴 했어도 잘생겼던 얼굴이 곤죽이 되어 있는 것이 보였다. 그런 몰골로도 아직 숨이 붙어서, 입이 있던 자리에 쉭쉭 하고 숨이 뱉어지고 있었다.

백현은 연리운의 꺾인 손목을 잡고 맥을 짚었다. 보기에도 엉망이었지만 몸 안은 더 엉망이었다. 기맥은 죄다 끊어져 있어서 가망이 없어 보였다. 백현은 아랫입술을 잘근 씹었다.

우우우우…….

듣기 싫은, 기분 나쁜 소리가 들려왔다. 백현은 고개를 들어 앞을 보았다.

무령이 있던 자리에는, 무령이 아닌 다른 무언가가 있었다. 그건 거대한 살덩어리처럼 생겼는데, 조금씩 꾸물거리면서 이상한 소리를 내고 있었다.

백현은 그 살덩어리를 노려보았다. 위협감보다는 불길함이 더 강하게 느껴졌다. 백현은 연리운을 조심스레 눕혀놓고서 살덩이에게 다가갔다.

"저건' 무령인가?'

직접 보고 있는데도 알 수가 없었다. 하지만 무령이 저렇게 변한 것은 틀림없는 사실이었고, 불길하긴 했어도 저 살덩이는 그리 단단해 보이지는 않았다.

쿠르릉!

백현의 손이 새카만 어둠에 휘감겼다.

"자네가 철혈궁을 감당할 텐가?"

살덩이를 향해 다가가던 백현의 걸음이 멈췄다. 그는 고개를 돌려 목소리가 들린 곳을 바라보았다.

가면의 괴인은 어느새 등 뒤에 서 있었다. 그는 죽어가는 연리운의 곁에서, 몸을 숙여 연리운을 내려 보고 있었다.

"오늘은 여러 가지로 예상이 빗나가는 날이야."

괴인은 그렇게 중얼거리면서 가면을 어루만졌다.

"사실 그렇게 된 것은 전부 자네 때문이지만 말일세. 아, 오해하지는 말게나. 그렇다고 기분이 나쁜 것은 아니니. 예상처럼 다 되어버리는 삶이 뭐가 재미있겠나?"

그건 그렇고, 이건 심하군. 괴인이 끌끌 혀를 찼다.

"이렇게 무모한 짓을 할 줄이야. 죽지 않은 것이 용하군."

백현은 눈썹을 꿈틀거리며 괴인을 향해 다가갔다.

"워, 워."

괴인은 반대쪽 손을 들어 백현을 가로막았다.

화악!

괴인의 손에서 흘러나온 빛이 연리운에게 스며들었다. 그러자 연리운의 몸이 상처 하나 없이 회복되었다.

"아까도 말하지 않았나? 나는 자네와 싸우고 싶지 않다고."

"……지금 뭐하자는 거야?"

"연리운을 회복시켰지. 자네가 이대로 아무것도 하지 않는다면, 아무 의미 없는 일이 되겠지만 말일세."

괴인이 몸을 일으키며 대답했다.

백현은 이해할 수 없다는 표정을 지으며 괴인을 쳐다보았다. 자네가 철혈궁을 감당할 텐가? 백현은 처음 괴인이 했던 말을 떠올리며 눈살을 찌푸렸다.

"……철혈궁을 감당하겠냐는 말이 무슨 뜻이지?"

"말 그대로일세."

괴인은 가면 너머에서 미소 지었다. 그는 손가락을 들어, 백현의 뒤에 있는 살덩어리를 가리켰다.

"저것은 인간이었을 적에는 천마 연철휘였고, 신격이었을 때에는 무령이라 불리던 존재지. 지금은 완전히 혼돈에 침식되어 신격이 삼켜지고, 자아마저 완전히 붕괴되어 저렇게 '고치'가 되어버린 게야."

"고치?"

"꽤 알기 쉬운 비유라고 생각하였는데. 이해하지 못했나? 충분한 시간이 지난다면, 저 살덩이의 고치를 찢고서 무령은 혼돈의 권속으로서 다시 태어날 걸세. 그게 바로 완전한 타락이지. 그때가 되면 연리운을 비롯해 무령과 연결된 모든 권속이 혼돈의 권속이 되어버릴 걸세. 조금 전의 폭발은 무령의 자아가 붕괴하면서 혼돈이 터졌던 게야."

백현은 허탈함을 느끼며 뒤를 돌아보았다. 괴인이 '고치'라 칭한 살덩어리는 여전히 기분 나쁜 소리를 내며 꿈틀거리고 있었다.

철혈궁을 감당할 텐가? 백현은 머릿속을 떠도는 말에 주먹을 쥐었다.

'아.'

왜 그것을 생각하지 못했을까.

무령의 권속인 사신장들을 쓰러뜨렸을 때. 백현은 그들이 익혔던 무공을 권능으로써 손에 넣을 수 있었다.

그것은 사신장들뿐만이 아니었다. 신경 쓰지도 않고, 익힐 생각도 없다뿐이지, 지금 백현의 인벤토리에는 아까 전 죽였던 철병들의 무공이 권능으로서 입수되어 있었다. 권속을 죽이는 것으로 권능을 얻을 수 있는데, 군주 본인을 죽인다면.

"이해한 모양이군."

괴인이 빙그레 웃었다.

"무령을 죽인다고 해서 철혈궁이 사라지는 것은 아닐세. 무령이 힘을 부여한 헌터들이 힘을 잃는 것도 아니야. 하지만, 무령을 죽인 장본인이 무령의 자리를 대신해야 하지."

백현은 아랫입술을 빠득 씹었다.

"군주를 섬기는 사도들이야, 신격을 살해한다고 해도 얻은 신격을 섬기던 군주에게 더해주는 꼴이니 큰 문제가 없지만…… 아무 군주도 섬기지 않는 자네는 이야기가 다르지. 지금 자네가 무령을 죽인다면, 자네는 바라든 바라지 않든 신격을 부여받고, 철혈궁의 새로운 군주가 되어야 하네."

"제기랄."

그건 끔찍한 일이었다.

파천신화공의 궁극적인 목표는 언젠가 신이 되는 것이다. 지금으로써는 어렴풋이 조차 보이지 않는 먼 목표였고, 스승조차도 그를 이루지 못하였지만. 백현은 언젠가 스승의 비원대로 파천신화공을 완성해, 신이 되겠다는 바람을 접은 적이 없었다.

그런데 무령을 죽이면, 파천신화공을 완성할 것도 없이 신격을 얻게 된다.

그뿐만이 아니다. 무령을 대신하여 철혈궁의 새로운 군주가 된다는 것. 그것은 무령과 계약한 헌터들까지 끌어안아야 한다는 뜻이었고, 무령이나 다른 군주들과 마찬가지로, 어비스에서 나갈 수 없는 존재가 된다는 뜻이기도 했다. 이런 식으로 신격을 이룬다는 것만으로도 끔찍한 일인데, 현실로 돌아가지도 못하고 어비스에 존재가 묶여 버린다.

아니, 어비스도 아니고 이 철혈궁에서 나갈 수 없게 되어버린다!

"안 해!"

신격을 그냥 준다고 해도 거절할 판국에, 그런 페널티까지 끌어안고 싶은 마음은 절대 없었다.

괴인은 백현의 대답에 껄껄 웃었다.

"자네, 진심으로 말하는 겐가? 이건 천재일우의 기회일세. 자네가 대적한 군주는 이 혼돈계에 남은 군주 중 가장 약했고, 그마저도 신격을 잃어 제대로 힘을 쓰지 못했어. 다시는 이런 기회가 없을 걸세."

"그게 뭔 상관이야?"

"뭔 상관이냐고? 허허! 이렇게 쉽게, 거저먹기로 신격을 손에 넣을 기회가 다시는 없을 거라는 말이잖나! 무령이 가지고 있던 신격은 절대로 무를 통해서 완성할 수 없는 것이었지. 하지만 무령을 죽인다면, 자네는 신격의 순수한 근원만을 손에 넣을 수 있어! 그 역시 불완전한 것은 매한가지겠지만, 혼돈의 근원을 탐할 것 없이 얼마든지 무를 통해 완성할 수 있단 게야."

무령의 신격은 사악의 존재와 계약하여 얻은 신격이다. 그 스스로가 무도를 부정하고 얻은 신격이기에, 절대로 무를 통해 완성할 수가 없었다. 하지만 그건 어디까지나 무령이 부담하고 있는 저주다.

"불완전한 신격이라 마음에 안 드는 것이 아니야. 이딴 식으로 신격을 얻고 싶지 않을 뿐이지. 게다가 군주가 되면 어비스에 존재가 묶여 버리잖아."

"하지만 철혈궁이라는 외차원을 지배할 수 있게 되지. 자네가 바란다면 철혈궁의 풍경쯤은 얼마든지 바꿀 수 있는 데다가, 언젠가는 어비스를 탈출할 수 있을지도 몰라. 그 정도면 신격을 손쉽게 얻는 대가로는 싸지 않나?"

"이딴 식으로 얻는 신격은 필요 없어."

백현은 흔들림 없는 목소리로 대답했다. 그 대답에 괴인은 백현의 얼굴을 물끄러미 바라보았다. 잠깐의 침묵 뒤에 괴인이 고개를 주억거렸다.

"허어…… 자네는 쉬운 길을 두고서 참 어려운 길로 돌아가려 하는군. 자네와 자네 스승의 비원은 인간에서 신이 되는 것 아니었나?"

"×도 모르면서 아는 척하지 마."

백현의 말이 거칠어졌다.

"이딴 식으로 신이 되는 것은 나도, 스승님도 바라지 않았어. 나는, 내가 익힌 무공을 완성해서 신이 된다. 남한테 받아먹는 신격 따위 필요 없어. 불완전한 신격? 결국에는 신격이잖아. 필요 없다고."

"자네는 신기하구먼."

괴인이 끌끌 혀를 찼다.

"광적이면서 욕망적인데, 이런 면에서 보면 인간답지 않을 정도로 초탈해. 아니, 순수하다고 해야 할까. 무식하다 해도 좋겠군."

"차라리 욕을 해라, 욕을."

"욕을 할 생각은 없네. 나는 자네라는 인격에 감탄하고 있을 뿐이야. 보통의 인간은 쉬운 길을 선택하지 굳이 어려운 길을 선택하진 않을 테니까. 게다가 자네가 가려는 길은 반드시 도달할 수 있으리란 확신도 없는 길 아닌가?"

"누구 마음대로 확신이 없다는 거야? 난 도달할 수 있어."

"자네가 천무성이라? 이것 보게나, 자네는 남한테 받아먹는 신격 따위는 필요 없다고 했지? 한데 자네가 가지고 있는 천무성이란 재능 또한, 결국에는 남한테 받아먹은 것 아닌가?"

"내가 달라고 했냐?"

백현은 어처구니가 없다는 듯 괴인을 쳐다보았다.

"어? 야, 말해 봐. 천무성이라는 거, 내가 달라고 했냐고. 달라고 한 적도 없는데 달고 태어난 걸 내가 뭐 어떡하라는 거야?"

그 당당한 대답에 괴인의 말문이 막혔다.

"천무성을 타고나는 건 내가 선택할 수 없었지만, 이건 내가 선택할 수 있어. 그래서 안 받아먹겠다는 거고, 이걸 가지고 있으니까 더 필요 없다는 거야."

"허……."

괴인은 길게 말을 끌다가 고개를 끄덕거렸다.

"그래…… 가지고 태어난 것은 어쩔 수 없지. 내가 실언을 하였군."

"알면 됐고, 넌 대체 뭐야? 나랑 싸우고 싶지는 않은데, 그렇다고 내 편은 아닌 것 같고."

"난 누구의 편도 아닐세."

"그럼 대체 뭐 하는 놈이세요? 아까 누구냐고 물어봤을 때는 왜 대답도 안 하고 가버린 거야?"

"알려주고 싶지 않으니까. 내가 누구인지 모르는 편이 자네의 상상력을 자극할 수 있을 테고 말이야. 누구나 미지의 존재에 대해 공포를 갖는 법이지."

"별로 무섭지는 않은데."

"내가 누구인지 궁금해하는 것보다는, 이 상황을 어찌할지부터 고민하는 것이 어떤가?"

괴인이 즐거운 목소리로 물었다.

"자네가 저 고치를 죽이지 않는다면, 머지않아 고치에서 혼돈의 권속이 된 무령이 깨어날 걸세. 그렇게 되면 정말 돌이킬 수 없게 돼. 설마 그렇게 되어버린 무령마저 쓰러뜨릴 수 있다는 생각을 하고 있는 것은 아닐 테지?"

백현은 대답하지 않았다. 괴인은 그 침묵을 즐기면서 말을 이었다.

"그건 정말 오만한 악수(惡手)라고 조언해 주지. 혼돈의 권속은 자네가 싸워 쓰러뜨린 무령과 비교도 할 수 없이 강력할 테니까. 온전한 상태의 무령이라도 엄두를 못 낼 텐데, 지금의 자네로서는 절대로……."

"저리 꺼져봐."

백현은 고민을 끝내고서 괴인을 향해 다가갔다. 괴인은 다가오는 백현을 보며 가면 너머에서 두 눈을 동그랗게 떴다.

"……설마 나와 싸우려는 겐가? 그것이야말로 최악의 수라네. 나는 자네에게 상당한 호감을 가지고 있기 때문에……."

"김칫국 좀 그만 처마시고. 저리 꺼져보라고."

백현은 괴인의 말을 뚝 끊고서 손을 휘휘 저었다. 그제야, 괴인은 백현이 보고 있는 것이 자신이 아니라 발치에 있는 연리운이라는 것을 깨달았다.

연리운은 자리에 주저앉아 멍하니 두 눈을 끔벅거렸다.

백현이 무령과 싸우는 것을 보았다. 그…… 무령이, 백현에게 패배하는 것을 보았다. 신력을 사용하지 않는 것이 의아하기는 했지만, 끝없는 내공을 있는 그대로 사용하는 무령은 연리운으로서는 승부를 도모할 수 없는 상대였다.

그 싸움에서, 연리운은 경외감을 느꼈다.

백현은 연리운에게 불가능한 싸움을 승리로 이끌었고, 끝내 무령을 패배시켰다.

'아버지…….'

그 순간에 연리운은 아버지에 대한 강렬한 연민을 느꼈으나, 난입하지 않았다. 무령은 연리운에게 있어서 여전히 아버지였지만, 철혈궁의 미래를 위해서 무령은 이곳에서 죽어야만 했다.

무령의 존재가 혼돈에 삼켜질 때, 연리운은 백현보다 빠르게 그것을 눈치챌 수 있었다. 무령이 '그렇게' 되어갈 때, 연리운의 안에 존재하는 무령과의 연결 고리가 뒤틀렸기 때문이다.

때문에 연리운은 그 순간 무슨 일이 벌어질 것인지 직감적으로 눈치챘다.

아버지의 패배와 죽음의 순간에도 난입하려 하지 않았다. 하지만 백현을 이곳에서 죽게 하고 싶지 않았다. 결국, 자신이 하지 못했던, 자신이 하려 했으나 외면했던 일을 해낸 그를. 인간으로서 저만한 성취를 이루고, 앞으로도 더 먼 곳으로 가게 될 그를 이곳에서 죽게 두고 싶지 않았다.

후회는 없었다.

그렇게 죽었다고 생각했다.

"……그래서……."

연리운은 간신히 입을 열었다.

그 앞에 백현은 머쓱한 표정으로 앉아 있었고, 괴인은 병풍처럼 우두커니 서 있었다.

"……나보고…… 저렇게 된 아버지를 죽이라는 건가?"

연리운은 도저히 이해할 수 없다는 투로 그렇게 질문했다.

패륜을 강요하는 것 같기는 했지만, 백현이 생각하기에는 이게 최선이었다. 그는 무령을 죽여 스스로 신이 될 생각도, 철혈궁의 군주가 되어 어비스에 존재가 묶일 생각도 없었다. 그렇다고 저렇게 되어버린 무령을 가만히 둘 수도 없는 노릇 아닌가.

"그게 최선이잖아."

연리운은 황당함을 느꼈다.

'최선…… 최선.'

이해는 한다. 하지만 대체 왜?

연리운이 생각하는 최선은 백현이 무령을 죽이고, 무령의 신격을 계승하는 것이었다. 그렇게 되면 철혈궁의 권속들은 타락에서 자유로워지고, 무령이 짊어지고 있던 저주에도 해방된다. 또한, 강력한 군주마저 얻을 수 있게 된다.

"난 싫어."

백현은 질색해서 대답했다. 거부 의사가 너무나 확고해서 더 뭐라고 말을 할 수도 없었다.

연리운은 잠시 백현을 보다가, 고개를 돌려 괴인을 보았다. 그가 가장 이해할 수 없는 것은 괴인의 존재였다. 그는 도대체 누구고, 무엇을 바라고 있는 걸까. 무령을 타락시킨 장본인이 바로 괴인 아니었나?

"언젠가 찾아왔을 일이지."

괴인은 연리운의 시선을 받으면서 끌끌 웃었다.

"해서, 자네는 나를 원망하는 겐가?"

연리운은 대답하지 않았다. 그는 괴인의 의도를 알 수 없었으나, 그렇다고 해서 섣불리 짐작하려 들지도 않았다. 연리운이 가장 피하고 싶은 것은 이곳에서 괴인이 끔찍한 적으로 돌변하는 일이었다.

'설마 신격을 연리운에게 양보할 줄이야. 이건 정말…… 예상외로군.'

괴인은 백현을 바라보면서 혀를 내둘렀다. 신격이라는 것은 바란다 해서 쉬이 손에 넣을 수 있는 것이 아니다. 필멸자로 태어난 인간이 신격을 이룩하는 것은 불가능에 가깝다. 그보다 종적으로 우월한 이들마저도 그 격을 갖추는 것만 해도 어마어마한 시간과 노력이 든다. 굳이 방법을 꼽자면 무령처럼 아득한 절대적 신격에게 막대한 제물을 바치고 그에 더한 저주를 감수하는 수뿐이다.

"……왜 나지?"

연리운은 백현을 쳐다보며 물었다. 그 질문에 백현은 헛웃음을 흘렸다.

"그럼 너 말고 누가 있는데?"

없다.

"사신장은 전부 죽었고, 남은 건 너뿐이야. 게다가 너는 내 목숨을 구해주기도 했고."

"……그건……."

"난 네가 왜 그랬는지는 몰라. 하지만 네 덕분에 목숨을 건진 건 사실이지."

"……너 역시 나를 죽이지 않았잖나?"

"그건 그거고, 이건 이거지."

백현은 그렇게 투덜거리면서 손을 들어서, 꿈틀거리는 살덩이를 가리켰다.

"아버지를 죽이라고 하는 건 좀 그렇긴 한데, 너 말고 당장 적임자가 없어."

물론 최악의 상황이 되면. 어쩔 수 없이 백현이 해야 하기는 할 것이다. 하지만 백현은 죽어도 그러고 싶지 않았다. 그렇게 되느니, 차라리 연리운을 죽어라 두들겨 패서 억지로 하게 만들 셈이었다.

"……하하……."

연리운은 허탈함에 웃음을 터뜨렸다. 설마 일이 이렇게 될 줄이야. 연리운은 그런 생각을 하며 비틀거리며 몸을 일으켰다. 그는 잠시 백현을 보다가 다시 질문했다.

"정말 후회하지 않겠나?"

"후회?"

"이건 정말 천재일우의 기회일 테니까. 그리고…… 내가 신격을 손에 넣었을 때, 내가 너를 적대하지 않을 것이라 어찌 믿는 것이냐?"

그 말에 백현은 눈살을 찌푸리며 연리운을 쳐다보았다.

"너, 내 덕에 신격을 이루고서 나를 적대할 셈이냐?"

"……."

"그렇게 비겁한 놈이라고는 생각 안 했는데. 정말 그럴 거야?"

"……그러겠다는 것이 아니라, 그럴 가능성도 있다는 말……."

"그럴 놈이었으면 이렇게 권하지도 않았지."

백현은 연리운이 그 정도로 비겁한 놈이라고는 생각하지 않았다. 애당초 그럴 놈이었으면 처음 싸웠을 때 죽이고 싶지 않다는 티를 그렇게 내지도 않았을 것이고, 아까 전의 폭발에서 맨몸으로 백현을 막아주지도 않았을 것이다.

괴인은 말없이 백현과 연리운을 쳐다보았다. 어느 쪽이든 그에게는 굉장히 흥미로운 일이었다. 누가 되었든. 바로 오늘, 철혈궁의 주인이 바뀐다. 그건 단순히 철혈궁의 우두머리가 바뀌는 것만 의미하는 일은 아니었다.

어비스에 아직 존재하는 13명의 신격 중, 하나가 완전히 소멸하고 새로운 신격이 태어나는 것이다. 그건 결과적으로 어비스라는 세계의 근간에 거대한 파장을 만들 것이다.

'본래는 무령이 완전히 혼돈의 권속이 되는 것을 노렸지만……'

그가 원하는 것은 어비스라는 세계의 근간을 뒤흔드는 것이었으니, 결과는 크게 달라지지 않는다. 그렇기에 괴인은 즐거운 침묵으로 상황을 지켜보았다.

이 상황에서 괴인은 잃을 것이 없었다. 무령이 완전히 타락하고 새로운 혼돈의 군주가 태어나는 것이 가장 이상적인 결과이기는 했지만, 이런 식으로도 어비스의 근간은 흔들린다. 오히려 이편이 예상하지 못했다는 면에서 괴인을 즐겁게 만들었다.

"널 적대할 생각은 없다."

연리운은 항변하듯 내뱉었다.

"나는 널 철혈궁의 은인이라고 생각하고 있다. 또, 무령의 아들로서도…… 은인이라고 생각하고 있다."

"……아버지를 죽여놓았는데 은인이라고?"

"아버지는 다르게 생각하시겠지만…… 나로서는 혼돈에 타락하여 괴물이 되는 것보다는, 차라리 그전에 죽는 편이 낫다고 생각하였으니."

연리운은 그렇게 중얼거리면서 몸을 돌렸다. 그는 울적한 눈으로 꿈틀거리는 살덩어리를 보았다.

'아아…….'

연리운은 채 사라지지 않은 연민을 떨쳐내지 못하고, 천천히 살덩어리를 향해 다가갔다. 살덩어리는 여전히 꿈틀거리며 불길한 소리를 내고 있었다. 그를 보는 연리운의 얼굴이 일그러졌다. 그는 더 이상 인간도, 신격도 아닌 추악한 존재로 몰락해 버린 아버지, 무령을 보면서 주먹을 쥐었다.

'당신은 최후에 무엇을 생각하셨습니까.'

그 누구보다 무의 총애를 갈망하였으면서, 스스로가 무도를 부정하고. 그러면서도 무령이란 신명으로 자신을 칭하던 모순된 자.

연리운은 아버지였던 무령이, 아들이자 호법신장이었던 자신을 최후의 순간에 떠올렸는지는 생각하지 않았다. 생각한들 답을 알 수도 없거니와, 그를 의문으로 품는 것조차 부끄럽고 서글펐다.

연리운은 살덩어리를 향해 손을 뻗었다. 언젠가 이런 날이 올지도 모른다고 생각했다. 이렇게 해야 한다고도 생각했다. 외면하고 싶었지만, 결국 외면할 수 없었다. 연리운은 눈을 질끈 감고 싶은 것을 참아냈다.

연리운의 손에서 붉은빛이 피어났다.

살덩어리가 뭉그러졌다. 그 모든 것을 보는 연리운의 눈동자가 파들거리며 떨렸다. 그리고 얼마 지나지 않아 살덩어리가 흔적도 없이 연소되었다.

백현은 조금 뒤에서 그 모든 것을 지켜보았다.

살덩어리가 사라진 자리에는 재 대신에 환한 빛 무리가 남았다. 연리운이 뻗었던 손을 아래로 내리자, 빛 무리가 붕 떠오르더니 연리운에게 인도되었다.

그를 보고 있던 괴인이 낮은 소리로 웃었다.

빛 무리에 삼켜진 연리운의 몸이 벼락을 맞은 것처럼 부르르 떨렸다.

그리 오랜 시간이 지나지 않아, 빛이 완전히 사라졌다. 연리운은 변함없는 모습으로 그 자리에 우두커니 서 있었다.

'허.'

변하지 않았다고? 외형은 그렇겠지만, 백현은 처음부터 끝까지 그것을 보고 있었다. 그렇기에 솔직히 믿을 수가 없었다. 저 앞에 있는 것이 정말로 연리운이란 말인가. 아주 잠깐 빛에 삼켜졌던 것으로 저 정도로 변할 수 있는 건가?

백현은 피부가 저릿거리는 것을 느끼며 주먹을 쥐었다. 전 감각이 찌릿한 경고를 발했다.

그건 박준환의 몸에 강신한 무령을 처음 보았을 때와 똑같은 느낌이었다. 싸워서는 안 된다. 지금 싸우면 무조건, 무조건…… 백현은 그 뒤의 경고를 의식하지 않았다.

'안 갖길 잘했다.'

'고작' 저런 것으로 저만큼이나 강해질 수 있다고. 불완전한 신격을 갖게 되는 것만으로도 저만큼이나…….

백현은 피식 웃음을 흘렸다. 실제로 보고 나니, 저렇게 얻는 신격에 정말 오만 정이 다 떨어지는 기분이었다.

"……아."

연리운은 탄식과 같은 소리를 내고서, 고개를 돌려 백현을 보았다.

"……고맙다."

"싸울 거냐?"

백현은 삐딱하니 고개를 기울이며 물었다. 그 말에 연리운은 쓰게 웃으며 고개를 저었다.

"이만큼의 커다란 은혜를 입었는데, 어떻게 싸울 수 있겠나. 나는…… 무령은, 앞으로 절대로 너를 적대하지 않을 것이다."

연리운.

그 역시 자신의 신명을 무령(武靈)으로 하였다. 하나 연리운이 무령을 신명으로 삼은 것은, 그 이름을 모순으로 삼았던 아버지와는 전혀 다른 의미였다.

연리운은 백현의 곁에 선 괴인을 돌아보았다.

'대체 누구지?'

신격을 이루었음에도 저 존재를 감당할 수 있으리란 자신이 들지 않았다. 괴인은 연리운이 적의를 일으키지 않는 것을 보고서 껄껄 웃었다.

"아비보다는 현명하군."

"……당신은 대체 누굽니까?"

"아까도 말하지 않았나? 같은 처지의 친구가 없어 외로운 늙은이라고."

괴인은 그렇게 말하면서 천천히 뒤로 물러섰다. 괴인은 백현을 힐긋 보고서 가면 너머로 미소 지었다.

"자네와는 앞으로 자주 보게 될 것 같군."

괴인의 몸이 흐릿하게 변하여 사라졌다.

"자주 보기는, 개뿔이."

백현은 작은 소리로 투덜거리면서 쥐고 있던 주먹을 폈다.

놈은 끝까지 자신이 누구인지 알려주지 않았다. 이 상황에서, 놈은 뭐든지 할 수 있었다. 연리운이 신격이 되는 것이 마음에 들지 않았다면 개입할 수도 있었고, 이곳에서 백현과 연리운 둘 모두를 죽이는 것도 가능했을 것이다.

하지만 놈은 아무것도 하지 않았다. 마냥 지켜만 본 것도 아니다. 죽어가는 연리운을 치료해 주었고, 백현이 알지 못했던 것들도 알려주었다.

만약 놈이 일러주지 않았더라면, 백현은 별생각 없이 무령을 죽이고서 바라지도 않던 신격을 이루고 철혈궁의 주인이 되었을 것이다.

"뭐하는 놈인지 짐작 가냐?"

백현은 연리운을 힐긋 보며 물었다. 하지만 연리운은 잠시 생각에 잠겨 있다가 입을 열었다.

"신격을 이루었음에도 감히 대적할 생각이 들지 않았다. 그렇다는 것은 나보다 훨씬 높은 상위 신격이라는 것인데……. 어쩌면…… 역천자일지도 모르겠군."

"역천자?"

연리운의 중얼거림에 백현은 두 눈을 동그랗게 떴다.

"그는 비밀이 많은 인물이다. 군주이면서도 유일하게 영지를 벗어나 어비스를 떠돌아다니고 있지."

"그건 나도 알아."

"대체 어떻게 아는 거냐?"

연리운은 이해할 수 없다는 표정을 지으며 백현을 쳐다보았다.

"……하지만 저게 정말 역천자인지는…… 모르겠군. 어떻게 군주가 혼돈을 다룰 수 있지? 게다가 어떻게 타 군주의 성역을 마음대로 침범할 수 있단 말인가?"

"역천자인지 아닌지는 아직 모르는 거잖아. 어쩌면 타락한 군주 중 하나일지도 모르고."

"그건…… 더욱 불가능한 일이다. 그는 확실하게 자아를 유지하고 있었어."

"곱게 미쳤을지도 모르잖아."

백현의 대답에 연리운이 끙하고 앓는 소리를 냈다. 그는 천천히 손을 움직여 박살 난 왕좌를 새로이 만들었다. 그렇게 만들어진 왕좌는, 이전에 무령이 앉았던 것보다 훨씬 검소해 보였다.

"내 눈치 때문에 저렇게 만든 거냐?"

연리운은 대답하지 않았다.

그는 입술을 꾹 다물고 왕좌에 가서 앉았다. 그리고선 머리를 감싸 쥐고서 잠시 신음을 흘렸다.

"굉장히…… 이상한 기분이야."

철혈궁에 있는 권속들, 그리고 무령을 섬기는 헌터들. 그 모든 계약이 연리운에게 이어져 있었다. 연리운은 의식되는 무수히 많은 존재를 느끼며 어깨를 바르르 떨었다.

"계속 여기 있을 건가?"

"돌려보내 줘야 돌아가지."

"그도 그렇군."

연리운은 쓰게 웃으며 손을 움직였다. 신력을 다루는 것은 아직 익숙하지 않았지만, 그는 자연스럽게 '어떻게' 사용하는지 깨달아가고 있었다.

연리운이 손을 흔들자 백현의 앞에서 공간이 활짝 열렸다. 백현은 열린 통로를 바라보다가 물었다.

"너도 무령처럼 할 거냐?"

"무슨 말이지?"

"네 아버지는 나를 끝까지 벌레라고 불렀거든. 나뿐만이 아니라 인간 전체를 두고서."

그건 그리 듣고 싶지 않은 말이었다. 연리운은 씁쓸한 미소를 지으며 고개를 저었다.

"……아니. 군주가 사도와 계약한 헌터를 어찌 여기고, 무엇을 부여하는지는 각자 다른 법이지. 나는 전대 무령처럼 할 생각은 없다."

그 대답에 백현은 히죽 웃었다.

"언젠가 다른 놈을 사도로 삼게 되면, 좀 튼튼한 녀석으로 골라. 못 고르겠으면 나한테 보내보고. 내가 상대해 보고, 싹수가 있는 놈이다 싶으면 알려줄 테니까."

"생각해 보지."

백현은 연리운의 떨떠름한 대답을 들으면서 공간의 입구를 향해 발을 뻗었다.

"고맙다."

등 뒤에서 연리운의 목소리가 들렸다.

"고맙기는."

픽 웃으며 대답해주고 공간을 지났다.

아득한 부유감 속에서.

[……가 당신을 지켜봅니다.]

두 발이 땅에 닿기 직전.

백현은 그런 목소리를 들었다.

7장
락스타

라이 룽은 벌리고 있던 입을 아직까지 다물지 못했다. 그만큼이나 들은 이야기들이 충격적이었다.

'가면? 괴인?'

무령이 죽고, 호법신장 연리운이 새로운 무령으로 등극했다. 그것도 충격적이기는 했지만, 라이 룽에게 가장 큰 충격을 전해준 것은 괴인의 존재였다.

새로운 무령은 괴인을 아득한 상위 신격이라고 평가했다. 백현은 괴인이 혼돈을 자유자재로 다루는 것 같다고 말했다. 물론 저것들은 둘의 주관적인 평가이니 무조건 믿을 수 없었지만, 라이 룽으로서는 그러한 존재가 무령의 성역을 마음대로 오간다는 것에 경악을 느꼈다.

'누구지?'

[모르겠구나.]

라이 룽과 함께 이야기를 들은 용성군이 머릿속에서 중얼거렸다.

[호법신장…… 아니, 이제는 무령이라 불러야겠지. 그는 괴인의 정체를 두고서 역천자가 아닐까 하였다지만, 나는 그렇게 생각하지 않는다. 역천자에게는 그만한 능력이 없어.]

용성군은 역천자를 직접 보고, 그와 대적한 적도 있었다. 그렇기 때문에 용성군은 괴인의 정체가 역천자라는 것을 정면에서 부정했다.

[역천자는 신비롭고, 비밀이 많은 존재였다. 그 당시에도 그랬어. 하지만 신격을 이룬 존재는 절대로 '혼돈'을 감당할 수 없다. 지금의 역천자가 영지를 떠나 어비스를 떠돌고 있는 것은 분명한 사실이나, 그렇다 한들 다른 군주의 영지마저 침입할 수 있다고는 생각할 수 없다. 게다가 아까 전에 일어난 차원침식…… 어떻게 역천자가 혼돈으로 가득 찬 이 세계에서 차원침식을 일으킬 수 있단 말이냐?]

'그렇다면…… 괴인의 정체는 무엇일까요?'

정말 타락한 군주들일까? 라이 룽이 떠올린 생각을 읽은 용성군이 헛웃음을 터뜨렸다.

[나의 딸아. 타락한 군주가 어찌 그런 일을 할 수 있겠느냐?

직접 대면한 적이 없으니 괴인의 정체를 추측하는 것은 힘들지만, 타락한 군주일 리는 없다. 차라리 심연의 성좌라 생각하는 편이 나아. 그럴 리도 없지만 말이다.]

사실 용성군으로서는 괴인의 정체가 심연의 성좌라는 것이 더 납득하기 힘들었다. 자아조차 갖지 못한 혼돈의 덩어리. 이유도 알 수 없이 혼돈으로 회귀한 그 존재가 부활했다는 것도 끔찍한 일인데, 이제 와서 자아까지 이룩했다고?

[만약 괴인의 정체가 심연의 성좌인 것이라면……. 그가 도대체 무엇을 바라는 것인지 알 수가 없구나. 그에게 있어서 군주들은 자신의 세계를 침략한 외적일 터인데. 저 인간이 하는 말을 들어보면 괴인은 꽤나 호의적이었다고 하지 않느냐?]

'그가 호의적이었던 것은 백현과 연리운……. 지금의 무령이었습니다. 정황상 전대 무령의 갑작스러운 타락을 주동한 것은 괴인이 틀림없습니다.'

[그가 기존 군주들에게는 호의적이지 않을지도 모른다 생각하는 것이구나.]

'예.'

라이 룽은 지끈거리는 이마를 손으로 짚었다. 혼돈의 근원을 탐하는 다른 군주들도 견제해야 하는데, 이제 와서 정체도 모를 괴인이 등장했다. 그가 대체 무엇을 노리는 것인지 알 수 없다는 점이 라이 룽을 불안하게 만들었다.

백현이 괴인의 이름을 물었을 때, 괴인은 대답해 주지 않았다. 누구인지 모르는 편이 상상력을 자극할 수 있고, 누구나 미지의 존재에 대해 공포를 가지는 법이라면서.

정작 백현은 괴인에게 별 공포를 갖지 않았지만, 라이 룽은 아니었다. 그녀는 만난 적도 없는 괴인의 모습을 상상하며 오한을 느꼈다.

'뭐였을까.'

백현은 먼 산을 보고 있었다.

철혈궁을 나오고, 라이 룽과 재회한 뒤 어비스를 나왔다. 상황설명을 요구하는 라이 룽에게 철혈궁에서 있었던 일에 대해 솔직히 알려주었다.

하지만 마지막에 들었던 목소리에 대해서는 알려주지 않았다.

……가 당신을 지켜봅니다.

잘못 들은 것이 아니었다. 틀림없이 그런 목소리를 들었다. 도대체 누가 지켜본다는 거야? 백현은 벅벅 머리를 긁었다. 아무 군주와도 계약하지 않았는데, 이제 와서 왜 그런 목소리가 들린 걸까. 그것도 저런 순간에.

맨 앞의 '……'은 듣기는 했지만 알아들을 수 없는 말이었다.

'몰라.'

더 고민하고 싶지 않았다. 그냥, 마음 한구석이 공허했다.

무령과 싸워 이기기는 했지만, 놈이 제대로 된 상태가 아니었다는 것이 결국에는 불만으로 남아 있었다. 기대가 너무 과했기 때문이다.

사실 무령이 신력을 제대로 사용하는 상태였다면, 놈의 무인으로서의 역량이 어쨌든 간에 백현은 무령을 쓰러뜨릴 수 없었을 것이다. 그건 백현도 알고 있었지만, 도달점으로 두던 '신'이란 존재가 신력을 사용하지 못하면 그토록 나약한 존재라는 것이.

스승, 무신마 주한오는 끝내 신이 되지 못하고 등선했다. 신선에 그친 주한오와 신력을 쓰지 못하던 무령. 비교할 가치도 없었다.

"그럼."

괴이산의 봉우리들을 보고 있던 백현은 고개를 돌려 앞을 보았다. 그때까지 라이 룽은 괴인의 정체에 대해 용성군과 논의하고 있었다. 그러다가 백현이 말을 거니 움찔 놀라서 턱을 당겨 붙였다.

"난 이만 집으로 돌아갈게."

"뭐?"

백현의 말에 라이 룽이 놀란 표정을 지었다.

"집으로 돌아가는 것은 위험할지도 모른다고 말했었잖아?"

"무령의 일도 완전히 해결되었고, 카르파고가 이제 와서 나를 더 공격할 것 같지는 않아. 나도 당장 그 새끼랑 뭔가 더 해볼 마음은 없고."

여기서 카르파고가 더 자극하지 않으면 백현도 나서서 놈을 자극할 생각은 없었다.

사실 백현은 카르파고에게 큰 앙금 같은 것은 가지고 있지 않았다. 좀처럼 진전을 거두지 못한 파천신화공이 육성에 도달할 수 있었던 것은, 연리운과의 싸움에서 카르파고가 끼어들어 난전이 된 덕분이었다. 거기서 한계까지 밀리지 않았더라면 이렇게 빠르게 육성에 오르지 못했으리라.

라이 룽은 뭐라고 말을 하려 입술을 빼끔거렸지만, 끝내 말하지 않고 입을 다물었다.

짧은 시간이었지만 라이 룽은 백현이 아주 정신이 돌아버린 미치광이가 아니라는 것을 잘 알고 있었다.

'내가 보호자도 아니고.'

괴이산의 저택은 넓어도 너무 넓었지만, 이 저택에서 백현과 단둘이 살고 싶은 마음은 없었다.

[마음에 족쇄를 두라 하지 않았느냐.]

용성군이 라이 룽의 생각을 읽고서 혀를 끌끌 찼다. 에둘러 말하지만, 그 뜻은 명확하고 노골적이었다. 라이 룽은 아랫입술을 잘근 씹었다.

'그렇게까지 할 필요는 없습니다.'

적어도 당장은.

"돌려보내 주지."

마음속으로 용성군에게 답하고서, 라이 룽은 몸을 일으켰다. 그녀는 삐딱하니 고개를 기울이고서 백현을 내려 보았다.

"네 집의 위치는 몰라. 그러니까 서울역으로 데려다줄게. 그 정도면 괜찮겠지?"

"충분해."

"거리 한복판에 나타나면 소란이 날 테니까, 하늘 위에서 떨어뜨릴 거야."

"괜찮아, 괜찮아."

백현이 고개를 끄덕거리며 대답하는 것을 보며 라이 룽은 눈썹을 꿈틀거렸다. 그녀는 크게 숨을 삼키고서 마지막이란 심정으로 질문했다.

"공동 전선. 여전한 거겠지?"

"응."

백현은 피식 웃으며 대답했다.

실제 시간만 따져보면 고작 며칠이 지났을 뿐이지만, 체감으로는 그보다 훨씬 더 긴 시간이 지난 것만 같았다.

백현은 감회가 새로움을 느끼면서 현관문 앞에 섰다. 하지만 현관문의 비밀번호를 누르려던 순간, 백현은 안에서 느껴지는 인기척을 느끼고서 길게 한숨을 내쉬었다.

"아이고."

인기척의 주인은 추측할 것도 없었다. 서민식. 오랜 친구가 집에 와 있었다. 라이 룽에게 받았던 핸드폰으로 메시지를 전해두기는 했지만, 답장이 두려워 핸드폰을 꺼두고 확인하지도 않았다.

백현은 위장이 쿡쿡 쑤시는 것 같은 기분을 느꼈다. 정체 모를 괴인에게도 그다지 느끼지 못했던 공포감이 서민식에게 욕을 처먹을 것을 생각하니 스멀거리며 밀려오고 있었다.

언제까지고 문 앞에 서 있을 수도 없는 노릇이니, 백현은 마음의 준비를 하고 현관문을 열었다. 문이 열리는 소리를 들었을 텐데도 목소리는 들리지 않았다.

백현은 꿀꺽 침을 삼킨 후, 신발을 벗고 안으로 들어갔다. 널찍한 소파 정중앙에 서민식이 다리를 꼬고 앉아 있었다.

그는 어디서 가지고 온 것인지 모를 콘솔 게임을 TV와 연결해서 하고 있었는데, 백현이 까치발을 세우고 들어오는 것을 힐긋 보고서 게임을 일시 정지하고 콘솔을 내려놓았다.

"왔냐?"

"어…… 어."

"중국 갔다며?"

"사정이 좀 있어서."

"친구야."

백현이 어설프게 웃으며 대답하자, 서민식은 한숨을 푹 내쉬었다.

백현은 죄인이 된 심정으로 소파 앞에 털썩 주저앉았다.

"그 사정이라는 것 좀, 미리 알려주고 하면 덧나? 어? 왜 사람이 걱정을 하게…… 아오!"

"미안해."

단지 걱정만으로 하는 말이라는 것을 알아서, 미안하다는 말밖에 할 수가 없었다. 서민식은 알아서 태도를 굽히는 백현을 보면서 쯧쯧 혀를 찼다.

"그래서, 중국은 왜 갔는데?"

솔직하게 말해도 되는 것인지 잠시 고민했지만, 어차피 숨길 필요도 없는 이야기였다.

백현은 최근에 있었던 일들에 대해 서민식에게 솔직히 알려주었다. 제법 긴 이야기였지만, 서민식은 이야기를 도중에 끊지 않고서 끝까지 들었다.

"미친 새끼."

다 듣고서, 서민식은 헛웃음을 흘리며 고개를 저었다.

"진짜, 진짜 어메이징한 새끼다 너. 중국에서는 라이 룽이랑 있었고, 뭐? 조금 전에는 무령을 죽이고 왔다고?"

"응."

"그리고 그…… 무령 아들내미가 새로운 무령이 돼? 이게 말이 되는 소리야?"

"진짜야."

"당연히 진짜겠지. 스케일이 우주급이라서, 평범한 저로서는 도저히 이해가 안 될 뿐이죠. 우리 백현 님, 스펙타클한 경험으로는 아주 세계 제일이셔."

직접 듣기는 했지만, 전혀 실감이 나지 않았다. 인간이 군주를 죽였다는 것이 정말 가능하단 말인가?

'못할 것도 없지.'

어디 가서 떠들면 미친 헛소리라고 치부될 이야기겠지만, 서민식은 백현을 보면서 마음속으로 그렇게 납득했다. 친구이기는 하지만, 백현은 서민식의 이해와 상식의 테두리에서 저만치나 벗어나 있는 인물이었다.

차라리 괴물이라 여기는 편이 좋겠지만, 그는 차마 친구를 괴물이라 여기고 싶지 않았다.

"그래도 앞으로는 얌전히 지낼 거야."

백현은 서민식의 표정이 썩어가는 것을 보며 조심스레 말을 꺼냈다.

"앞으로?"

"……아마도?"

언젠가 흑장미성에 와달라던, 흑장미 여왕의 말을 떠올렸다. 예전이라면 호기심에라도 찾아다녔겠지만, 이제 와서는 크게 호기심도 느껴지지 않았다.

'군주'라는 존재에게 호기심을 느끼기에는 너무 많은 것을 알아버렸기 때문이었다.

'언젠가 만나겠지.'

백현은 어렴풋이 그렇게 생각했다.

"무령에게 무슨 일이 일어난 모양이로다."

카르파고는 눈가를 덮은 핏물을 벅벅 문질러 닦았다.

시선을 끝까지 드니, 거대한 의자에 앉은 혈사자가 먼 하늘을 보고 있는 것이 보였다. 그 번쩍거리는 금색 눈은 무한전이 아닌 저 너머의 어비스를 보고 있었다.

카르파고는 낮게 욕설을 내뱉고서 양손으로 땅을 짚었다. 이종족 괴물 몇 마리가 자신의 몸에 달라붙어서 식사를 하고 있는 모습이 보였다. 이미 수십 수백, 그조차 넘은 횟수를 보고 겪은 일이지만, 볼 때마다 엿같은 기분이 들었다.

카르파고는 욕설을 내뱉으며 손을 휘저어 그들을 쫓아냈다.

"갈귀들이 네 몸뚱이가 마음에 들었나 보구나."

"무령의 일은 어떻게 안 겁니까?"

"혼돈이 들끓고 있기 때문이지."

혈사자가 크크 웃었다.

"하나 이건 묘하구나. 혼돈이 크게 끓기는 했지만, 그것으로 그쳤도다. 죽은 것 같지는 않고……."

"누가 무령을 죽일 수 있겠습니까?"

카르파고는 짜증스러운 목소리로 내뱉었다. 그때의 일을 생각하면 아직도 속에서 열불이 치솟는다.

바깥의 실제 시간은 그리 많이 흐르지 않았을 테지만, 카르파고는 무한전 안에서 그보다 더 긴 시간을 보냈다. 그만한 시간이 흘렀음에도 그때의 아쉬움은 아직 앙금이 되어 가슴에 남아 있었다.

"네가 약하고 부족하여 놓쳤던 기회였잖느냐?"

"나도 압니다."

혈사자가 이죽거리자, 카르파고는 엉금엉금 기어 앞으로 나아갔다. 그가 멀찍이 널브러진 아신검 바알을 쥘 때까지, 혈사자는 비웃음을 가득 담은 눈으로 카르파고를 내려다보았다.

한참을 기던 카르파고가 결국 바알을 쥐었고, 그제야 그의 몸뚱이가 재생되었다.

"그래서 이러고 있는 것 아닙니까?"

카르파고는 다시 생긴 두 다리로 비틀거리며 일어섰다.

[느껴져.]

가냘픈 목소리가 머릿속에서 들렸다.

[조금 전에, 어비스의 무언가가 바뀌었어.]

언제나 그렇겠지만, 할리우드는 항상 사람이 넘쳐 득실거린다. 대부분이 선글라스를 걸친 관광객들이다.

남자는 머릿속의 목소리를 흘려들으면서 바닥에 주저앉아서 하던 일을 계속했다.

[못 들었어? 조금 전에 어비스의 무언가가 바뀌었다고 했잖아.]

말 많은 군주가 머릿속에 대고 칭얼거렸다. 음소거 기능이 있으면 좋을 텐데. 남자는 그런 생각을 하며, 목에 대충 걸치고 있던 이어폰을 귀에 꽂았다. 시끄러운 드럼과 기타, 보컬의 황홀한 하모니가 남자의 입가에 미소를 만들었다.

[지금 내 말 무시하는 거야?]

하지만 음악을 아무리 키워도 군주의 목소리를 묻을 수는 없었다. 하지만 남자는 그 목소리를 듣지 않았다.

어느새 그는 자신의 심상세계(心想世界) 속으로 깊이 들어가 있었고, 그곳에서 그는 비틀즈나 너바나 등, 세계 음악 역사에 남을 만한 록 밴드의 중심이었다.

[도대체 무슨 일이 일어난 거지? 이런 일은…… 5년 전 이후로 처음이야. 혼돈이 갑자기 들끓고 있어. 머지않아 뭔가가 일어날 거야.]

월드 투어를 떠날 때마다 전 세계의 팬들이 그의 음악을 들으며 자지러질 것이다. 내는 앨범은 매번 세계에 새겨진 기존의 기록을 갈아치울 것이고, 모두가 역사에 남을 만한 명곡이 될 것이다. 그가 쓰는 가사에 전율한 노벨상 위원회는 그에게 노벨 문학상을 수여할 것이 틀림없었다. 그리고 전 세계에서 남자의 음악 스타일을 따라 한 조잡한 아류들이 생겨나겠지.

[제발, 병신 같은 망상 좀 그만하고.]

군주가 두 귀를 감싸며 내뱉었다. 하지만 남자가 군주의 목소리를 듣고 싶지 않아도 들어야 하는 것처럼, 군주 역시 남자의 망상을 듣고 싶지 않아도 들어야만 하는 처지였다. 사도와 군주란 그런 관계다.

'내 스토리는 영화로도 만들어질 거야. 주인공은 당연히 나여야 하고.'

히로인은 누가 좋을까. 아니, 히로인은 필요 없다. 그는 오직 음악만을 사랑하고 있으니.

남자는 앰프와 기타의 연결을 끝내고 고개를 들었다. 그의 앞에는 여전히 몇몇 사람들이 모여 있었다. 멈춰 선 행인들의 숫자가 적은 것에 남자는 내심 자존심이 상했지만, 곧이어 스스로 납득했다. 본래 대중이란 우매하여 진정한 예술을 앞에 두고도 알아보지 못하는 법이다.

좋다.

남자는 귀에 꽂고 있던 이어폰을 뽑았다. 그렇다면 우매한 대중을 참된 음악으로서 계몽시키면 될 일. 오늘, 할리우드는 남자의 존재로 인해 마비될 것이다. 불과 5분만 지나면 남자의 음악을 듣기 위해 이 도시의 모든 사람이 이곳에 모이게 될 테니까. 그리고 음악의 역사 또한 바뀌게 되리라.

'얼굴을 바꾸고 오기를 잘했군.'

남자는 자신의 얼굴에 착 달라붙어 있는 엑토플라즘 마스크를 어루만졌다.

'사도'라는 본래의 신분이 아니라, 순수하게 뮤지션으로서 성공하고 싶어 얼굴까지 바꾸고 할리우드에 왔다. 하지만 이 거리는 남자를 심사할 수 없다.

바로 지금, 남자가 이 거리를 심사할 것이다.

"레슨."

악몽의 결정자의 사도. 샤나크는 직접 만든 자작곡의 이름을 말하며, 일렉 기타를 손톱으로 긁었다.

[제발 좀.]

'난 락스타가 될 겁니다.'

머릿속에서 들리는 군주의 외침을 무시하며, 샤나크는 감정을 쏟아부어 노래했다. 그 처참한 실력에 행인들이 얼굴을 일그러뜨리는 것에는 그리 오랜 시간이 흐르지 않았다.

[아이언메이드의 예비 사도 발렌시아, 고급 아티펙트 브랜드 '브라이트' 창립.]

"글쎄요, 목표라……. 이거다, 라고 생각해 둔 것은 없지만. 뭐 꼭 지금 와서 생각해 보라면…… 그거 있잖아요, 그거? 카르파고가 사용하는 검."

"바알을 말씀하시는 겁니까?"

"네, 네. 그거요. 아신검 바알. 그거랑…… 드레이크의 방패. 아, 그건 뭐였는지 기억났어요. 말브론. 맞죠?"

"맞습니다."

"대중들에게 알려진 신물은 당장 그 두 개잖아요. 아신검 바알과 말브론. 라이 룽도 신물을 가지고 있던가?"

"용성군의 사도가 가진 신물에 대해서는 알려져 있지 않습니다."

"어쩌면 가지고 있는데 공개하지 않은 걸지도 모르죠(웃음). 굳이 목표를 말하자면, 신물과 비슷한 성능의 아티펙트를 만들고 싶어요. 그래도 명색이 고급 아티펙트 브랜드라고 딱 내걸었으니까."

"신물이라……. 인간이 만드는 아티펙트가, 신이 직접 하사한 신물을 따라잡을 수 있다고 말씀하시는 겁니까?"

"뭐 꼭 그런 뜻은 아닌데요. 목표는 클수록 좋은 거잖아요? 아, 그래도 이것 하나는 자신 있게 말할 수 있겠네요. 내가 만드는 아티펙트는, 현재 세상에 돌아다니는 그 어떤 아티펙트들보다 뛰어날 거예요."

"어비스에서 발견되는 유물들보다 뛰어나다는 겁니까?"

"그건 엄밀히 말하자면 아티펙트가 아니죠. 유물은 유물일 뿐이고, 그렇게 발견한 유물의 성능을 입맛대로 고를 수는 없는 법이잖아요? 하지만 내가, 브라이트가 만드는 아티펙트는 달라요. 우리는 철저하게 사용자가 원하는 취향대로 만들어줄 수 있을 테니까요(웃음)."

"브라이트는 당신 혼자가 아니라, 당신이 마스터로 있는 길드의 장인들도 함께한다고 들었습니다. 그들의 실력까지 보장하시는 겁니까?"

"지금 마이스터 길드의 장인들을 무시하는 거예요? 너무 건방지시네. 아, 아, 괜찮아요. 화난 건 아니에요. 할 법한 의심이니까, 괜찮아요. 정말로요. 실력을 보장하냐고요? 당연하죠. 그리고 결국 최종 체크는 내가 할 텐데 뭐가 문제예요?"

"당신의 손길이 지나간 아티펙트라면 전 세계의 모든 헌터들이 욕심을 낼 겁니다. 주문이 어마어마하게 들어올 텐데요?"

"개나 소나 다 들고 다니는 것을 명품이라고 할 수 있겠어요? 나는 검증된, 그리고 내가 주고 싶은 사람들에게만 브라이트의 아티펙트를 선물할 생각이에요."

"생각해 둔 헌터는 있으십니까?"

"사도는 제외하죠. 다들 신물 하나쯤 가지고 있을 테고, 군주들의 어여쁨을 받고 있을 테니까요. 마찬가지로 예비 사도도 제외하고요."

"그러면 최상위 레벨의 헌터들?"

"뭐 그 정도? 명단을 좀 봐야겠지만, 아. 당장 주고 싶은 사람은 한 명 있어요."

"그게 누굽니까?"

"비밀이죠(웃음)."

인터뷰의 아래에는 혀를 내밀며 손을 들고 있는 발렌시아의 사진이 첨부되어 있었는데, 보란 듯이 들어 올린 손은 짙은 모자이크가 덧씌워져 있었다.

귀에는 피어싱을 주렁주렁 매달고 손등과 목에 타투를 박아 넣은 발렌시아는, 무기나 방어구를 만드는 대장장이라기보다는 타투이스트처럼 보였다.

[샤나크. 사도가 아닌 뮤지션으로. 그 두 번째 곡, '레볼루션' 공개.]

악몽의 결정자의 사도로 유명한 헌터, 샤나크가 두 달 전 공개한 '레슨'에 이어, 두 번째 신곡인 '레볼루션'의 음원을 SNS에 공개했다.

하지만 '레볼루션' 역시 '레슨' 때와 마찬가지로 네티즌들의 조롱거리가 되고 있다.

백현은 옆에 둔 가방에서 이어폰을 꺼내 핸드폰과 연결하고, 샤나크의 신곡이라는 레볼루션을 재생했다. 하지만 1분도 지나지 않아 백현은 얼굴을 구기며 노래를 끄고 이어폰을 뽑았다.

딱히 음악을 가리지 않는 그였지만, 샤나크의 노래는 도저히 들어주지 못할 정도로 구렸다.

-헌터나 할 것이지 이게 뭐야?

-노래 존나 구림 ㄹㅇ

-컨셉 아님?

댓글의 반응도 백현과 다를 것이 없었다. 백현은 심드렁한 얼굴로 핸드폰의 액정을 휙휙 내렸다. 그러다가 시간을 확인하고서, 자리에서 몸을 일으켰다.

"잘 먹었습니다."

계산을 끝내고 식당을 나왔다.

11월 중순. 입에서는 슬슬 김이 나올락 말락 하고 있었지만, 한서불침을 이룬 백현은 더위와 추위에 구애받지 않는다. 그렇다고 한겨울에 반팔로 다닐 수는 없는 노릇이라, 얄팍한 코트는 걸쳤다. 백현은 코트 자락을 어루만지면서 킁- 하고 코끝을

훔쳤다.

무령을 쓰러뜨리고서 벌써 두 달이 흘렀지만, 세상은 여전했다. 변한 것은 없었다. 여전히 매달 말일, 어비스에서는 몬스터가 튀어나왔다.

정수아는 재생의 뱀의 예비 사도가 되었음을 알려, 실종된 박준환을 대신해 한국의 새로운 얼굴이 되었다.

그리고 서민식은 여전히 템페스트의 선택을 받지 못했다. 덕분에 그는 인터넷에서는 '콩'이라고 놀림을 받고 있었다. 물론 서민식은 저 별명을 그리 좋아하지 않았다.

백현은, 최근 두 달 동안 어비스에 거의 들어가지 않았다. 그렇다고 화천 어비스에서 튀어나오는 몬스터를 잡으러 다닌 것도 아니었다. 어비스에서의 생활이 질렸다기보다는, 현실에서 시작한 일들이 많아진 탓이었다.

[오빠.]

[밥 먹었어요?]

핸드폰이 웅웅 울렸다. 정수아가 보낸 카톡 덕분이었다.

[설렁탕 먹음.]

[또 혼자 먹었어요?]

[ㅇ]

[지금 바빠요?]

[ㄴㄴ]

[그런데 왜 단답만 해요???]

'물어본 거에 대답한 것뿐인데 이게 왜 단답이지?'

백현은 눈썹을 찡그리며 핸드폰을 노려보았다. 그리고 잠시 고민한 후 답장을 보냈다.

[이제 곧 수업하느라.]

[아.]

[죄송해요, 오빠 제가 뭐라고 하려는 게 아니라요.]

[다음에 밥 먹을 때 심심하면 저랑 영통해요.]

'왜 밥 먹으면서 영통을 해야 하지?'

백현은 정수아의 카톡을 잘 이해할 수 없었지만, 일단 알겠다고 대답은 했다.

딱히 친구가 없어서 혼자 밥을 먹은 것은 아니었다. 그냥 혼자 먹는 게 편했다. 뭐 먹을지 의견을 맞출 필요도 없고, 괜히 신경 쓸 필요 없이 혼자 먹으면서 핸드폰이나 보다가 일어나면 끝이다. 같이 먹자는 사람은 많았지만, '학원'에 다니기 시작한 후로 백현은 쭉 혼자서 밥을 먹었다.

다행히 학원 근처에는 밥 먹을 만한 식당이 많았다. 그냥 그런 맛에 비해 가격은 좀 나갔지만, 애당초 강남이란 동네의 식당은 대부분이 그렇다.

딱히 나서서 알아보기 귀찮아, 대충 인터넷으로 검색해서 찾은 영어 학원. 서민식은 학원에 다니느니 집에서 인강을 듣거나 과외를 받으라 말했지만, 백현은 굳이 학원을 선택했다. 일대일로 배우는 것은 뭔가 민망했고, 여태까지 학원이란 곳을 다녀본 적이 없어서 한번 다녀보고 싶었기 때문이다.

'생각처럼 대단한 곳도 아니었지만.'

이번이 벌써 두 번째 학원이다.

두 달 전에는 중국어 학원에 다녔다. 라이 룽이 중국어로 욕을 했던 것이 생각나서, 다음에 만날 때는 그녀가 중국어로 욕을 하지 못하게 만들겠다는. 그런 시답잖은 계기 때문이었다.

처음에는 막막했다. 중국어는 머리털 나고 한 번도 배워본 적이 없었고, 한자도 하늘 천, 땅 지 같은 간단한 것만 알았다. 게다가 중국어는 배우기 어렵다기에 한참이 걸릴 줄 알았는데, 고작 두 달 만에 학원을 그만 다녀도 될 수준이 되었다.

천무성. 그로 인해 활짝 열린 오성 때문이었다. 물론 두 달 만에 배운 중국어는 절대로 완벽하다고 할 수준은 아니었지만, 백현은 그 정도 수준으로 만족했다. 나머지는 사기 전에 보는 인터넷 강의로 때우고, 그로도 정 안 된다 싶으면 과외를 받을 생각이었다.

"왔다."

"어디?"

"저기, 검은 코트."

"진짜? 저 사람 맞아?"

"사진이랑 똑같잖아."

학원 입구에는 몇몇 사람들이 모여 있었다.

엊그제부터 다니기 시작한 학원인데, 백현은 딱히 자신을 숨기지 않았다. 최근 두 달 동안 얌전히 지냈으니, 사람들이 자신을 알아보지 못할 것이라는 생각 때문이었다.

하지만, 씨알도 먹히지 않았다. 처음 수업을 들으러 강의실에 들어갔을 때부터 사람들이 아는 척을 했고, 이제는 같은 수업은커녕 학원에 다니지도 않는 사람들이 학원 앞까지 와서 백현을 기다리고 있었다.

'한 달만 다니고 때려치우든지 해야지.'

백현은 머릿속으로 그런 생각을 하면서 사람들에게 다가갔다. 그중 몇몇이 백현에게 말을 걸려 했지만, 백현은 그들이 목소리를 내기도 전에 훌쩍 뛰어올랐다.

"와……."

"저거 사람 맞아?"

순식간에 7층에 있는 강의실 위치까지 뛰어올라서, 닫혀 있는 창문을 손으로 밀어 열었다.

"어…… 죄송합니다."

곧 있으면 수업 시작이라 강의실에는 꽤 많은 사람이 들어차 있었다.

백현은 자신을 쳐다보는 시선에 멋쩍은 미소를 흘리며 창틀에 걸쳤던 발을 안으로 밀어 넣었다.

"여기까지 점프해서 올라온 거야?"

"너 천둥새 토벌 영상 못 봤어? 저 사람 그냥 막 날아다녔잖아."

"마법사도 아닌데 하늘을 어떻게 나는 거야?"

자기들 딴에는 목소리를 낮춰 수군거리고 있었지만, 너무 잘 들렸다. 그래도 못 들은 척 빈자리에 가서 앉아, 가방에서 교재를 꺼내 올려놓았다.

"형, 밥 먹고 온 거예요?"

그러자 냉큼 옆자리에 앉는 놈이 있었다.

정희준. 엊그제 처음 들었던 수업에서 우연히 옆자리에 앉은 놈인데, 그 후로 쭉 백현의 옆자리에 앉고 있었다.

"응."

"누구랑 먹었어요?"

"혼자 먹었어."

심드렁한 대답에 정희준이 두 눈을 끔벅거렸다.

“왜 혼자 먹어요? 여기서 형이랑 밥 같이 먹고 싶어 하는 애들이 얼마나 많은데.”

“내가 혼자 먹고 싶으니까 혼자 먹지.”

“그럼 내일부터는 저랑 먹으면 안 돼요?”

“싫어.”

정희준이 살갑게 웃으면서 물었지만, 백현은 고민의 여지도 없이 거절했다.

“혼자 먹는 밥보다 같이 먹는 게 맛있지 않아요?”

“난 혼자 먹는 게 좋아.”

“같이 먹으면 다른 거 시켜서 나눠 먹을 수도 있는데.”

“난 그러고 싶으면 두 개 시켜서 둘 다 먹을 수 있어.”

“그럼 밥값이 많이 나오잖아요.”

“나 돈 많다.”

거기서 정희준의 말문이 막혔다. 그는 시계를 힐긋 보았다. 아직 강의까지는 시간이 남아 있었다.

“형, 저 전업 헌터 지망한다고 어제 말했었죠?”

“어.”

“제가 레벨이 16인데요. 요즘 통 레벨이 안 올라서요. 형이 좀 도와주면 안 돼요?”

“자기 일은 스스로 해야지.”

“에이, 너무 그러시지 말고. 여기 학원 다니는 애들끼리도 어비스에서 파티 맺고 몬스터 사냥하고 그런단 말이에요. 형도 같이 안 갈래요? 여자애들도 많아요."

"여자애들 많은 게 무슨 상관이야?"

"알면서 모르는 척하시긴. 거기서 막, 가오 좀 잡고 그러면……."

"너랑 같이 다니는 파티 중에서 레벨이 제일 높은 게 누구냐?"

"다른 강의실에서 수업 듣는 태우 형이요. 그 형 레벨 23이에요."

"제일 낮은 놈은?"

"저기 저…… 재 보여요? 창가에."

백현은 정희준이 가리킨 대로 창가를 보았다. 그쪽은 재잘거리며 떠드는 여자들로 점령되어 있었다.

"저기 저 곱슬머리, 노랗게 염색한. 네, 개요. 희연이라고 하는데, 재 레벨이 14예요."

"너랑 별 차이 안 나네."

"태우형만 레벨 20 넘고, 나머지는 다 비슷비슷해요."

"같이 다니다가 죽은 애들은 없고?"

백현은 심드렁한 표정을 지으며 물었다. 또다시 정희준의 말문이 막혔다.

잠깐 입술을 빼끔거리던 정희준이 슬며시 엉덩이를 뒤로 빼며 물었다.

"……죽다뇨? 저희는 그렇게 위험한 곳은 안 다녀요."

"그러니까 레벨이 안 오르지."

백현은 쯧쯧 혀를 찼다.

"내가 군주랑 계약은 안 했는데, 친구한테 들은 게 있어서 좀 알거든? 레벨 올리는 노하우 말이야. 그거 그냥, ×나 고생하면 된대. 죽을 정도로 말이야. 센 몬스터 잡고, 안 가본 곳 가보고. 레벨이 안 오른다고? 16레벨에서부터 안 오를 정도면 대체 얼마나 안전빵으로 놀았던 거야?"

"무섭잖아요……."

"그냥 피시방 가서 게임이나 해라."

정희준은 괜한 말을 했다고 생각하면서 괜스레 핸드폰을 만지작거렸다. 그러다가 문득 생각났다는 듯이 백현에게 다시 말을 걸었다.

"이거 기사 봤어요? 발렌시아가 브랜드를……."

"밥 먹으면서 봤다."

"……발렌시아가 아티펙트 주고 싶다고 한 사람이 누구일 것 같아요?"

"그걸 내가 어떻게 알아? 지가 비밀이라는데."

"누군진 몰라도 좋겠다…… 그쵸? 발렌시아가 만든 아티펙트, 진짜 엄청 비싸다는데. 아, 형, 샤나크 노래 들어봤어요? 그 새끼 노래 진짜 못 부르던데, 대체 왜 뮤지션 하겠다는 거지?"

"네가 헌터 하겠다는 거랑 비슷하지 않을까?"

백현이 시큰둥한 목소리로 대답하자, 정희준의 어깨가 축 처졌다.

"그거랑 이게 뭔 상관이에요?"

"그러네, 상관은 없네. 샤나크는 노래 못하는데도 자기 SNS에 노래를 두 번이나 올릴 깡다구는 있었는데, 넌 그마저도 없잖아."

"노래 못한다고 욕먹어서 죽는 건 아니잖아요. 근데 어비스에서는 잘못하면 죽으니까……."

"참 핑계도 많다. 그럴 거면 헌터 하겠다고 나한테 자꾸 비벼대지 말고, 그냥 공부나 해. 난 여기 공부하려고 온 거니까."

백현은 그렇게 말하고서 정희준에게서 시선을 거두었다.

정희준은 입술을 삐죽 내밀고 시선을 내리깔았다. 그는 더 이상 백현에게 말을 걸지 않고 핸드폰을 만지작거렸다.

"……어?"

"또 뭐야?"

정희준이 대뜸 소리를 냈고, 백현은 짜증스레 대답하며 정희준을 노려보았다. 그 시선에 정희준은 식겁하여 핸드폰을 내려놓았다.

"아, 아뇨. 형 부른 게 아니라, 이거 인스타 보고……."

정희준은 놀라 말을 더듬으며, 백현이 볼 수 있도록 자신의 핸드폰 위치를 돌렸다.

"지금 강남역에서 찍힌 거래요……."

주눅 든 목소리를 들으면서, 백현은 영상의 제목을 보았다.

[강남역 외국녀 난동.]

정희준이 영상의 재생 버튼을 누르자.

-백현!
-백혀어언!
-배액! 혀어언!

백현이 잘 알고 있는 얼굴이, 그의 이름을 죽어라 외쳐대고 있었다.

8장
붉은

망치로 머리를 한 대 얻어맞은 것만 같은 기분이었다. 백현은 입을 벌린 채 두 눈을 크게 뜨고 정희준의 핸드폰을 쳐다보았다.

바로 조금 전에 직촬로 찍혀 올라온 영상이다. 영상 속의 여자는 길을 가다가 멈춰 선 사람들의 시선은 아랑곳하지 않고, 사람이 득실거리는 강남역 11번 출구 앞에서 고래고래 고함을 질러대고 있었다.

"형이 아는 사람이에요?"

눈치를 살살 보던 정희준은, 백현의 표정이 심상치 않음을 보고서 넌지시 물었다.

하지만 백현은 대답하지 않았다. 저깟 질문에 대답해 주기에는 머릿속이 너무 복잡했다.

"누구야?"

"외국 모델 아니야? 배우는 아닌 것 같아, 처음 보는 얼굴이니까."

재생한 영상의 목소리가 워낙에 큰 탓에, 강의실의 다른 학생들도 각자 영상을 찾아보고 자기들끼리 수군거리기 시작했다.

백현은 의자를 뒤로 끌고서 자리에서 벌떡 일어섰다.

"혀, 형?"

"간다."

"곧 있으면 수업 시작인데요……?"

지금 그게 중요한가? 백현은 꽂히는 시선들을 무시하고서 성큼성큼 강의실을 가로질렀다. 가십거리 좋아하는 이들의 수군거림이 커졌지만 일일이 대답해 줄 시간이 없었다.

'설마 진짜로 올 줄이야!'

물론, 가겠다고 한 말에 오라고 했던 것은 백현이다. 어디로 가면 되냐는 것에 강남역으로 와서 자신을 찾으면 된다고 말했던 것 역시 백현이었다. 그렇다고는 하지만, 갑작스레 이런 상황에 처하게 되니 당황할 수밖에 없었다.

"어, 어디 가요?"

복도에서 마주친 선생이 놀라서 그렇게 물었다.

"급한 일이 있어서."

백현은 대충 그렇게 둘러대고서 선생을 지나쳤다.

1층에 있는 엘리베이터를 기다릴 시간도 아까워서 단숨에 계단을 뛰어 내려갔다. 다행히 학원 역시 강남에 있어서, 강남역과는 그리 거리가 멀지 않았다.

사소한 문제는 오늘이 금요일이고, 지금 시간이 한창 사람이 많은 8시 즈음이라는 것이다. 차를 탄다면 1, 2킬로 가는 것에도 수십 분이 걸리는 것이 이 시간대의 강남이다. 하지만 백현은 차도를 이용할 생각도 없었고, 애초에 자차도 없었다.

"어?"

학원 입구 앞에서 서성이던 사람들. 그들은 아직까지 돌아가지 않고서 백현을 기다리고 있었다. 이대로 쭉 수업이 끝날 때까지 기다릴 셈이었는데, 그보다 훨씬 빠르게 백현이 나오자 다들 당황한 눈치였다.

그들 중 가장 용감하고 성급한, 자식을 끔찍이도 아끼는 강남 아줌마 하나가 빽 고함을 질렀다.

"우리 아들 과외 좀 해줘요!"

이미 수십 번이고 들은 이야기였다. 5년 사이에 '헌터'는 하나의 직업이 되었고, 최근에 대두되는 사회 문제 중 하나가 바로 '헌터 과외'였다.

원하는 군주의 초이스 요령과 권능과 레벨을 받을 수 있는 팁은 기본이고, 몬스터와의 싸움법과 어비스에서 생존하기 위한 다양한 기술 등. 나름대로 커리큘럼을 갖춘 전문적인 교육이긴 했다.

사교육을 맹신하는 돈 많은 부모들이, 공부에 별 소질이 없는 자식을 위해 레벨이 높은 헌터를 고액의 보수로 초빙하여 과외를 부탁하기 시작하며, 헌터 과외는 최근 이 강남 일대에서 선풍적으로 인기를 끌고 있었다.

"공부나 시켜요!"

백현은 정희준에게 했던 말을 그대로 돌려주면서 땅을 박찼다. 언젠가는 제자를 들여야 하겠지만, 당장은 그럴 마음이 전혀 없었다. 게다가 백현이 들여야 할 제자는 그나 스승인 무신마와 같은 천무성이어야만 했다.

'나 같은 경우가 아니고서야, 천무성은 티가 날 수밖에 없지.'

백현은 어린 시절에 크게 교통사고를 당한 덕에 기혈이 꼬이고 오성이 막혀 있었지만, 정상적으로 천무성을 타고나 성장한다면 티가 날 수밖에 없다.

무에 관한 압도적인 재능과 더불어 활짝 열린 오성. 당장 백현만 해도 두 달 만에 중국어를 어느 정도 능숙하게 구사할 정도였으니, 이 정도면 어디 가서 천재 소리 듣기에 충분했다.

백현은 등 뒤에서 들리는 외침을 무시하면서 공중을 뛰었다. 핸드폰을 들어 지도를 켜고 강남역까지의 방향을 확인하는데, 아래에서 들려오는 꺅꺅거리는 소리와 카메라 셔터음이 신경에 거슬렸다. 강남역에서의 일도 있으니, 내일 신문은 오랜만에 백현으로 도배될 것이다.

'내가 미쳤지, 왜 그런 말을 해가지고.'

그때는 드디어 고향으로 돌아간다는 생각에 텐션이 너무 높았던 모양이다. 백현은 한숨을 푹 내쉬었다.

강남역 11번 출구. 원체 사람이 많은 곳인 데다, 금요일 저녁 8시는 이 부근에 가장 사람이 많을 시간이다. 하지만 오늘은 평소보다 사람이 훨씬 많았다. 역에서 내린 사람들과, 역으로 들어가기 위해 온 사람들. 그리고 거리를 지나던 사람들이 떠나지 않고서 그대로 고여 있었기 때문이다.

둥글게 원을 그리고 선 사람들은, 그 안에서 고래고래 고함을 지르고 있는 여자를 신기한 눈으로 쳐다보며 핸드폰을 들이밀었다.

"목도 안 아픈가?"

"아까부터 계속 백현만 부르고 있잖아."

"대체 뭔 짓을 당했기에……. 백현한테 막, 성폭행당하고 그런 건 아니겠지?"

"그런 거면 경찰서를 가야지 왜 여기서 소리를 질러?"

"외국인이라서 경찰서에서 안 받아준 것 아냐?"

"그런데 예쁘긴 진짜 예쁘지 않냐?"

"빨간 눈이잖아. 저거 렌즈겠지?"

그들은 자기들끼리 수군거릴 뿐, 누구 하나 앞으로 나서서 여자에게 다가가지는 않았다.

그렇게 적극적으로 나서기에는 여자의 외모가 너무나도 이질적이었기 때문이다. 눈처럼 흰 머리는 탁한 부분 하나 없이 똑같은 톤이었고, 피부도 잡티 하나 없이 희었지만 맑고 투명했다.

하지만 여자의 외모 중에서 가장 눈에 띄는 것은 당연히 '눈'이었다. 그녀의 두 눈은 한 번 보면 절대로 잊을 수 없을 정도로 강렬한 붉은 색이었다.

"배애애액! 혀어어언!"

여자치고는 키가 커서 175는 될 법했고, 머리카락도 굉장히 길었다. 그 이질적인 외모 덕에 어지간한 담력의 소유자가 아니고서는 감히 여자에게 말을 붙일 수가 없었다. 게다가 입은 옷조차도 특이했다. 요즘 시대에는 아무도 입지 않을 법한 고대 중국풍의 의상을 입었는데, 특이하게도 외모와는 꽤 잘 어울렸다.

"헤이."

하지만 이만큼이나 사람이 모였으면, 용감한 자도 한 명쯤 있는 법이다. 영어는 쥐뿔도 못 할 것 같지만, 얼굴은 꽤 생긴 남자가 다가왔다.

지구온난화 덕에 11월의 날씨도 꽤 훈훈했으나, 밤이 되면 확 추워진다. 그럼에도 남자는 얇은 코트 하나만을 걸치고 머리는 포마드와 스프레이로 단단하게 고정했다.

"왓 프라블럼?"

대충 단어만 조합해 물을 뿐이었지만, 그는 이 정도면 의사소통에 큰 문제가 없으리라는 확신을 가지고 있었다. 외국인과의 대화는 영어의 능수능란함보다는 표정과 제스처의 풍부함. 그리고 보디랭귀지와 용기. 대충 이 정도면 된다.

여자는 양손을 활짝 펼치며 다가오는 남자를 홱하고 돌아보았다. 벌써 몇 분 동안 소리를 질러댔지만, 그녀의 목은 아주 멀쩡했다. 애초에 이 정도는 그녀에게 있어서 소리를 지른 축에도 끼지 않았다. 그녀가 작정하고 소리를 질렀다면 이 일대가 완전히 파괴되고 듣던 이들은 고막이 아니라 머리가 터져 죽어버렸으리라.

"헤이, 웨얼 아유 프롬? 왓 프라블럼? 백현 이즈…… 디스 이즈…… 노. 백현 이즈 홈."

"뭐라고 지껄이는 거야?"

남자가 웃으며 말하는 것을 가만히 듣던 여자가 눈썹을 찡그리며 내뱉었다. 그녀의 외모는 절대로 한국인이라 할 수 없었지만, 입에서 튀어나온 말은 발음에서 누구도 문제를 제기하지 않을 정도로 완벽한 한국어였다.

"……하, 한국어 잘하시네요?"

"너 백현 알아?"

남자가 찔끔 놀라 물었지만, 여자는 그 말을 무시하고서 자기 할 말만 질문했다.

"알긴 알죠…… 이 나라에서 백현 모르는 사람이 어디에 있……."

"어디에 있어?"

"네?"

"어디에 있냐구."

"그건 저도 잘……."

"그럼 꺼져."

순식간에 대화가 끝났다. 용기를 내어 다가왔던 남자는 입을 헤 벌리고 여자를 바라보았다.

주변이 크게 웅성거렸다. 왜 백현을 찾는 거예요? 여자가 한국어를 할 줄 안다는 사실만으로도 사람들은 용기를 낼 수 있었다. 사방에서 중구난방으로 질문이 터졌다.

"내가 그 자식을 왜 찾든 너희들이 무슨 상관이야!"

여자가 빽하고 고함을 질렀다.

"혹시 백현한테 이상한 짓 당한 거예요?"

"이상한 짓? 그게 뭐야?"

"백현의 전 여자 친구인가요?"

누군가가 큰 목소리로 물었다. 그 말에 여자의 얼굴이 순식간에 새빨갛게 물들었다. 가뜩이나 피부가 흰 덕에 양 뺨과 귀가 발갛게 물드는 것이 너무 잘 보였다. 그녀는 몇 걸음 뒤로 물러서더니 양손을 들어 달아오른 귀를 감쌌다.

"아냐!"

"진짜로 아니에요?"

"아니라고 했잖아!"

백현이 나타난 것은 그 순간이었다.

알아보는 것은 쉬웠다. 사람이 가장 많이 몰려 있는 장소? 아니, 그것을 떠나서 그녀의 기척은 의식하지 않아도 느낄 수 있을 정도로 굉장히 강렬했다.

백현은 기감을 쿡쿡 찔러오는 거대한 기운을 느끼면서 자신도 모르게 입가에 미소를 지었다.

'많이 강해졌구나.'

백현이 도원경을 떠난 지, 넉 달이 흘렀다. 현실에서의 5년이 도원경에서는 20년이었으니, 그녀가 도원경에서 보낸 시간은 1년이 조금 넘었을 것이다. 그리 긴 시간도 아닐 텐데, 그녀는 도원경에서 마지막으로 인사를 나누었을 때보다 훨씬 강해져 있었다.

"아."

백현이 그녀를 느낀 것처럼, 그녀도 백현을 느꼈다. 그녀는 들리는 외침에 답해주는 것을 잊은 채 고개를 돌렸다. 수줍게 달아올랐던 귀와 뺨이 더 붉어져 화끈거렸다.

그녀는 화들짝 놀라 다시 양손으로 귀를 감쌌다. 몸 안의 극한지기가 치솟아 얼굴에 몰린 열을 식혔다.

'아무렇지 않게.'

그녀는 내심 그렇게 생각하며 평정심을 만들었다. 하지만 마음처럼 잘되지 않았다.

그야 어쩔 수 없었다. 1년, 무려 1년 동안이나 기다렸던 일 아닌가. 스승을 떠나보내야 한다는 것에 우울해하면서도 수행을 할 수 있었던 것은. 스승이 정말 떠나 버린 후, 한참을 울었어도 마음을 다잡을 수 있었던 것은. 백현과 다시 재회할 수 있게 된다는 사실 때문이었다. 그녀에게 있어서 오직 그것만이 유일한 바람이었다. 그녀에겐 돌아가고 싶은 고향도 없었고, 다시 만나고 싶은 사람은 스승을 제외하고선 백현이 유일했다.

그렇다 보니 기껏 만든 평정심이 너무 쉽게 박살 났다. 백현의 존재감이 가까워질수록 그녀의 가슴은 세차게 뛰었고, 차갑게 식힌 얼굴은 다시 열이 올라 화끈거렸다.

그조차도 어쩔 수 없었다. 음양화신인 그녀는 몸 안에 극한지기와 극양지기, 상반된 두 가지의 기를 품고 있다. 그 말은 즉, 그녀는 남들보다 훨씬 더 뜨겁고 차갑다는 말이었다.

'왔다.'

"백현이다!"

누군가가 외치는 소리와 함께 백현이 그리 높지 않은 하늘에서 훌쩍 뛰어내렸다. 사람들이 너무 많이 모인 것이 불만이기는 했지만, 그건 어쩔 수 없는 일이었다.

"누구세요?"

백현은 얼떨떨한 얼굴을 하고서 아직까지 서 있는 남자를 보며 물었다.

"죄송합니다……."

남자가 고개를 푹 숙이며 퇴장했다. 백현은 그런 남자를 힐긋 보다가, 고개를 돌려 앞을 보았다.

"사라."

백현은 여러 가지 감정을 느끼면서 그녀의 이름을 불렀다.

사라 프로스트. 도원경에서 백현과 함께 지냈던, 설화봉 유운려의 제자.

"오랜만이야."

백현은 사라를 향해 빙긋 웃으며 말했다. 사라는 아무런 말도 하지 않고서 백현의 얼굴을 처다보았다.

사라의 외모는 도원경에 있을 때와 변한 것이 없었다. 그건 당연한 일이었다. 도원경은 육체가 아닌 영혼만이 존재할 수 있는 장소고, 영혼은 나이를 먹지 않는다. 그곳에서 아무리 긴 시간을 보내봤자, 사라의 몸뚱이는 아직 열일곱 살인 것이다.

"왜 그래?"

백현은 사라가 입술을 꾹 다물고 있는 것을 보며 고개를 갸웃거렸다.

'설마 한국어 할 줄 모르는 건가?'

순간 백현의 머릿속에 그런 생각이 스쳐 지나갔다. 그럴지도 모른다. 사라가 태어나 살았던 세상은 지구도 아니었으니, 서로 말이 통할 리가 없다.

"아, 으으……."

물론 사라는 한국어를 할 줄 알았다. 혹시 기껏 만났는데 대화가 통하지 않을 불상사를 피하기 위해서. 도원경을 나가기 전에 여휘에게 매달리고 의뢰를 받아 해결해, 한국어를 머릿속에 받아둔 덕분이다.

단지 아무 말도 할 수 없는 것은.

"으아아앙!"

북받쳐 오르는 감정 때문이었다.

사라는 주변 시선을 신경 쓰지 않고, 그 자리에서 넋 놓고 울음을 터뜨렸다.

'대체 왜 우는 걸까.'

사라가 우는 것을 한두 번 보는 것도 아니다. 도원경에 있을 적에도, 사라는 참 많이 울었다. 하지만 그때는 사라가 왜 울었는지, 어느 정도는 이해할 수 있었다.

머리채를 잡고 얼굴을 흠씬 두들겨 팬 적도 많았고, 머리 좀 잡지 말라길래 어깨나 목을 잡고서 두들겨 팬 적도 많았다. 아예 잡지 말라고 하길래 그냥 패기도 했다. 아프고, 굴욕적이어서. 그래서 울었겠지. 아니면 서러워서. 이해하지 못할 것도 없다.

그녀가 타고난 체질인 '음양화신'은 천무성과 마찬가지로 무척이나 특별한 체질이다. 음양화신은 태어났을 때부터 완전히 상반된 두 기운을 체내에 품고 있고, 몸 안에서 두 기운이 끝없이 충돌해 별다른 수행을 하지 않아도 어마어마한 공력을 몸 안에 쌓아간다.

하지만 음양화신은 천무성과는 달리, 극음지기와 극양지기를 제어할 방법을 손에 넣지 못한다면 약관의 나이를 넘기 전에 몸이 터져 죽고 만다. 너무 많이 쌓인 공력과 상반된 기운을 몸뚱이가 버티지 못하기 때문이다. 하지만 제어할 방법을 손에 넣는다면, 음양화신은 당대의 무적자에 가까운 존재로 거듭나게 된다.

실제로 설화봉 유운려의 백설염화천무는, 익히기만 한다면 무적자로 군림할 수 있을 만한 고금제일의 신공이었다.

사라는 그 무공을 익히고도 도원경에서 단 한 번도 백현에게 이긴 적이 없었다. 싸웠다 하면 처참하게 두들겨 맞았다. 그런 수모를 질리도록 겪었으니, 엉엉 우는 것도 이상한 일은 아니었다.

'그런데 지금은 왜 우는 거야?'

때리지도 않았다. 헤어질 때도 울기는 했지만, 그거야 20년 동안 정이 들었다가 헤어지는 것이니 충분히 울 만한 일이었다.

"끄으으……."

사라는 울음을 참으려 했지만 그게 마음처럼 잘되지 않았다. 백현을 보고 나니 눈물샘이 고장 난 수도꼭지가 되어버린 것만 같았다. 너무 울어대니 딸꾹질까지 나왔다. 끅끅거리며 고개를 들썩거리던 사라가 양손을 들어 얼굴을 감쌌다.

"우우……."

"우우우……!"

내막은 알지 못했지만, 보고 있던 사람들이 야유를 퍼부었다. 백현은 어이가 없어서 주변을 둘러보았다.

"아니, 뭘 알지도 못하면서……!"

답답한 마음에 그렇게 내뱉었지만, 그렇다고 하나부터 열까지 설명할 일도 아니었다. 백현은 말하던 것을 그만두고 한숨을 푹 내쉬었다.

그는 머리를 벅벅 긁다가 사라에게 다가갔다. 여전히 사라는 양손으로 얼굴을 감싸고 있었다. 그새 딸꾹질은 멈추었지만, 그녀의 어깨는 아직 가늘게 떨리고 있었다.

"저기……."

백현은 슬며시 말을 걸었다. 그러자 얼굴을 감싸고 있던 손이 살짝 내려왔다.

사라의 눈은 원래부터 붉었는데, 지금은 하도 울어대서 눈가까지 붉었다. 가뜩이나 피부가 흰 탓에 눈가의 붉음이 더 튀어서, 그녀의 인상을 초췌하고 퇴폐적으로 보이게끔 만들었다.

"괜찮아?"

물기로 촉촉하게 젖은 눈이 이쪽을 향한다. 여전히 주변에서는 야유가 퍼부어지고 있었다.

"괜찮아!"

누군가가 고함을 질렀다. 괜찮기는 뭐가 괜찮단 말인가?

"안아줘요!"

이번에 들린 외침에 사라가 꼴깍 침을 삼켰다. 백현은 어이가 없어서 헛웃음을 흘렸다.

"뽀뽀해!"

"키스해!"

그나마 이성적인 외침 뒤에, 벌써부터 술에 떡이 된 목소리가 따라붙었다.

"질척하게!"

한 무리의 취객들이 술 냄새를 폴폴 풍기며 낄낄거렸다. 사람이란 원래 술에 취하면 용감해지는데, 뭉치면 더 용감해진다. 그들이 지껄이는 말이 도를 넘어서자, 백현은 즉시 기세를 내비쳤다.

굳이 주먹을 휘두르거나 입을 열 필요도 없었다. 순식간에 웅성거림이 멈췄고, 공기가 얼음장처럼 차가워졌다. 백현이 드러낸 기운은 날을 세워 취객들을 포착했다. 취기로 달아올랐던 얼굴들이 하얗게 변하고, 다들 사이좋게 바지에 똥오줌을 지려 버렸다.

"그러게 왜 말 같지도 않은 말을."

백현은 들으란 듯이 투덜거리면서 사라를 바라보았다.

그런데 사라의 반응이 참 묘했다.

그녀에게는 분노의 기색이 없었다. 오히려 아래로 내린 시선을 가만히 두지 못하고 산만하게 왔다 갔다 하고, 다리는 비비 꼬면서 양손은 꼼지락거리고 있었다. 모욕적이고 수치스러운 말을 들었는데 왜 저런 반응을 보인단 말인가? 꼭 그런 말을 들은 것이 마냥 싫지는 않은 것처럼.

백현의 눈동자가 파르르 떨렸다.

기껏 압도한 좌중의 침묵에서, 다시금 자그마한 웅성거림이 깨어났다. 백현은 손을 뻗어 사라의 어깨를 잡았다. 우선 이곳을 벗어나야 할 것만 같았다.

금요일 밤. 지금 시간의 서울은 어느 곳을 가더라도 사람과 마주치게 된다. 그렇다고 오랜만에 만난 사라를 인적이 드문 오지로 데리고 갈 수도 없는 노릇 아닌가.

결국 사라를 데리고 간 곳은 집이었다. 백현은 기척을 죽이고서 하늘을 날아 아파트에 도착해, 창문을 열고 들어갔다.

오는 내내 사라는 한마디 말도 하지 않았다.

베란다에 신발을 벗어 던진 백현은, 창문 밖의 하늘에서 우두커니 서 있는 사라를 돌아보았다.

"뭐해?"

"여긴 어디야?"

드디어 사라가 입을 열었다. 붉었던 눈가는 다시 피부색처럼 희게 돌아와 있었지만, 여전히 사라는 백현을 제대로 보지 못하고 힐끔거리고 있었다.

"어디긴, 내 집이지."

"네…… 네 집이라고?"

사라가 입술을 뻐끔거렸다.

"안 들어올 거야?"

백현이 묻자, 사라는 잠시 머뭇거리다가 조신한 몸짓으로 창틀을 지나 베란다로 들어왔다.

"……밥은 먹었어?"

"머, 먹었……."

"도원경에서 말고."

"아니……. 안 먹었어."

사라는 작은 목소리로 대답했다. 설화봉 유운려와 헤어지기 전에 눈물 젖은 만찬을 잔뜩 먹긴 했지만, 그것은 어디까지나 도원경에서 먹은 것이다.

"계속 서 있을 거야?"

거실로 들어가며 코트를 벗다가, 뒤를 돌아보았다. 사라는 아직도 베란다에 서 있었다.

백현은 그녀의 태도를 당최 이해할 수가 없었다.

'사라 프로스트. 그녀가 원래 저런 성격이었던가?'

절대 아니다. 백현이 기억하는 그녀는, 자신감이 좀 과하게 넘치던 말괄량이였다. 초면에 반말을 찍찍 뱉고 싸우자 할 정도로 싸가지도 없었고, 흠씬 두들겨 맞아 울음을 터뜨리면서도 며칠 뒤에 또 싸움을 걸어오는 독기와 승부욕도 있었다. 스승인 설화봉에게 오냐오냐 교육받은 덕에 안하무인적인 구석도 상당했다.

그런데 대체 지금은 뭐란 말인가? 도원경의 시간으로도 헤어지고서 일 년이 조금 더 흘렀을 텐데. 마치 다른 사람인 것만 같은…….

"……넌 아무렇지도 않아?"

훌훌 벗어 던진 옷을 격공섭물로 드레스 룸에 던져두던 백현을 빤히 보던 사라가 그렇게 물었다. 그 말에 백현은 뒤를 돌아보았다.

"뭐?"

사라를 돌아본 백현은 흠칫 놀랐다. 흡사 다른 사람 같던 사라의 분위기가 어느새 돌변해 있었기 때문이다.

그녀는 입술을 삐죽 내밀고서 얇게 뜬 눈으로 백현을 쏘아보았다. 고작 표정이 바뀌었을 뿐이지만, 그것만으로 백현은 자신이 20년간 알고 있던 사라와 드디어 재회한 것 같은 기분을 느꼈다.

"갑자기 왜 실실 웃는 거야?"

"반가워서 그래."

"아까까지는 안 그랬다는 거냐?"

백현의 대답에 사라가 빽 고함을 질렀다. 격정적인 감정이 외침에 공력이 실렸다.

백현은 화악하고 밀려오는 열풍을 향해 손을 뻗었다. 타이밍 좋게 형성된 기의 벽에 사라의 외침이 가로막혔다.

"어디서 남의 집을 태워먹으려고!"

"아까까지는 안 그랬냐고!"

"뭔 소리야?"

"안 반가웠냐고 묻는 거잖아!"

사라가 씨근거리며 외쳤고, 백현은 떨떠름한 표정을 지으며 펼쳤던 손을 아래로 내렸다.

"당연히 그건 아니지. 반가웠어. 그런데, 거 뭐냐. 주변에 사람들도 시끄럽고, 너도 좀 낯선 느낌이라."

"나, 낯설어……?"

"성격이 좀 달라진 줄 알았지."

"으…… 으으……!"

사라가 주춤 뒤로 물러서면서 신음을 흘렸다.

'당연히 다를 수밖에!'

그토록 바라던 재회의 순간이라 가슴이 터질 것만 같은데, 일 년 만에 본 그놈은 빌어먹게도 멋있었다. 특히나 사라의 심장을 요동치게 만든 것은 백현이 대충 주워 걸친 코트였다.

20년. 무려 20년 동안 도원경에서 함께 살기는 했지만, 그 긴 시간 동안 사라가 보았던 백현의 옷차림은 전부가 특색 없는 무복이었다. 그마저도 수행이 끝난 뒤에는 넝마처럼 너저분했다.

당연한 일이지만, 사라는 백현이 다른 옷을 입은 모습을 상상해 본 적은 많았어도 직접 본 적은 한 번도 없었다. 늘 상상해 왔다고는 해도 그것이 실제로 눈앞에 나타났을 때의 충격이란……! 지금은 또 어떤가? 사라는 꼴깍 침을 삼켰다.

"파, 파렴치한."

백현은 언제나 사린 흑의를 입고 다닌다. 이유는 별것 없었다. 압도적인 편의성. 오직 그 때문이었다. 입어도 입은 것 같지 않을 정도로 편한 데다가, 빨지 않아도 된다. 아무리 막 입어도 헤지지 않는다.

지금도 마찬가지였다. 코트와 함께 안의 맨투맨을 훌렁 벗은 백현은, 착 달라붙는 사린 흑의만을 입고 있었다.

사라는 저 발칙한 가죽 타이즈를 보면서 머릿속이 일그러지는 것만 같은 기분을 느꼈다.

20년 동안 너저분한 무복만 보았고, 같은 여자인 스승과 쭉 지내온 그녀에게 있어서 저 가죽 타이즈는 너무 과한 자극이었다.

"갑자기 왜 그래?"

물론 백현은 그런 사라의 반응을 조금도 이해할 수가 없었다. 사라는 혼자 또 얼굴을 홍당무처럼 물들이고서 어깨를 부들거렸다.

그러다가 양손을 들어 짝하고 자신의 뺨을 후려쳤다.

"……나는 변하지 않았어."

"……그런 것 같아."

백현의 대답을 들으면서, 사라는 후끈거리는 자신의 뺨을 붙잡고 신음을 흘렸다. 흔들리는 정신을 깨우기 위해 때렸는데, 생각보다 너무 세게 때린 것 같았다.

"그렇게 서 있지 말고, 여기 와서 좀 앉아."

백현은 자신이 앉은 소파의 옆을 손바닥으로 툭툭 치며 말했다.

사라는 슬금슬금 발을 비벼 끌며 백현의 옆에 앉았다가, 엉덩이만 살짝 들어서 조금 옆으로 이동했다.

그러거나 말거나, 백현은 핸드폰을 붙잡고서 배달 어플을 들여 보았다. 저녁을 먹은 지 얼마 안 되긴 했지만, 사라를 위해 뭐라도 시켜주기 위해서였다.

'치킨이면 되겠지.'

그녀의 세계에도 치킨이 있었을까, 그게 조금 궁금하기는 했다. 양념과 프라이드 둘 중 뭘 시킬까 고민하다가 그냥 두 마리 다 시켰다.

"……그게 뭐야?"

사라는 백현이 만지작거리고 있는 핸드폰을 보면서 물었다.

처음 보는 기계는 아니었다. 여휘에 의해 처음 강남역에서 육체가 구성되었을 때. 다짜고짜 백현의 이름을 외치기 시작했을 때부터, 지나가던 사람들이 저 손바닥만 한 물건을 들이밀어 댔기 때문이다.

"핸드폰."

"그게 뭔데?"

대체 어디서부터 설명해야 한단 말인가. 백현은 머리가 지끈거리는 것을 느꼈다. 모바일 결제로 주문을 마친 백현은 핸드폰을 내려놓았다.

"이건 나중에 설명하고, 네 이야기부터 해봐."

"뭘."

"도원경에서 어떻게 지냈는지 말이야."

"……열심히 수행했어."

백현과 눈을 마주하려 했던 사라는 이쪽을 빤히 보는 시선에 눈을 피하고 말았다. 대체 예전의 자신은 어떻게 평범하게 마주 보고 이야기를 나눌 수 있었던 걸까.

'저 옷 때문이야.'

그렇다고 다른 옷을 입으라 말하고 싶지는 않았다. 그건 민망하기 짝이 없는 딜레마였다.

사라는 저 꽉 달라붙는 가죽 타이즈를 입은 백현의 모습을 계속 보고 싶으면서도, 백현이 저 옷을 입고 있는 것을 정면에서 쳐다보는 것이 너무 부끄러웠다.

'저…… 저…… 저거.'

쇄골.

'뭐 저렇게 깊어……? 손가락 한 마디는 들어가겠다. 목젖은 원래 저렇게 튀어나왔었나? 목에 저건 또 뭐야……? 핏대? 징그러워……!'

생각은 그렇게 했지만 사라는 계속해서 백현의 목을 쳐다보고 있었다. 그리고 그 시선은 천천히 아래로 내려갔다.

'사내자식이 가슴은 뭐 저렇게 부푼 거야……? 더러워……. 저건…… 와…… 울퉁불퉁해…….'

복근.

"너 뭐하냐?"

백현이 눈썹을 찡그렸다. 그가 머리를 벅벅 긁자, 사라의 두 눈이 휘둥그레 떠졌다. 팔을 움직일 때마다 팔뚝이 꿈틀거리는 것과 쫙 벌어진 겨드랑이가 크게 넓어지는 것을 보면서, 사라의 정신은 점점 혼미해졌다.

"지, 지금 뭐 하자는 거야?"

"뭐?"

"오…… 오랜만에 만나서…… 어? 나한테 뭐 하자는 거야? 내가 그렇게 쉬워 보여?"

"지금 뭐라는……."

"이건 너무 빨라."

사라는 홀린 것 같은 목소리로 중얼거리면서 두 눈을 질끈 감았다.

백현은 어처구니가 없어서 사라를 쳐다보았다. 그러다가 무언가를 눈치챘다. 그녀는 두 눈을 꽉 감은 척하고서 오른쪽 눈만 얇게 떠서, 백현을 힐긋힐긋 보고 있었다.

'대체 뭘 하는 걸까. 아니, 대체 뭘 하고 싶은 걸까.'

"……도원경에서 대체 어떻게 지냈는지나 말해 봐."

백현은 지끈거리는 두통을 무시하려 애쓰며 다시 질문했고, 그렇게 치킨이 도착하기까지 한 시간 동안 도원경에서 그녀가 보낸 일 년에 대해서 제법 자세히 들을 수 있었다.

설화봉 유운려의 등선 역시, 백현의 스승인 무신마 주한오와 마찬가지로 제자의 무공 성취가 오성에 도달한 순간에 이루어졌다. 사라는 펑펑 울며 스승을 보내주었고, 유운려 역시 펑펑 울며 도원경을 떠나 등선해 선계로 향했다고 한다.

"힘들었어."

사라가 입술을 삐죽 내밀었다.

"음양화신에 무에 대한 재능까지는 없으니까."

그렇다고는 해도, 백설염화천무는 음양화신에 딱 맞는 무공이다. 사라 본인의 자질이 범재를 넘어섰고, 주한오보다 압도적으로 나은 스승이었던 유운려가 지극정성으로 가르친 덕분에 사라는 백현보다 일 년이 더 걸려 도원경에서 나올 수 있었다.

사실 무공의 깊이만을 논하자면 파천신화공이 백설염화천무보다 몇 수 위에 있기는 했다.

"바로 나온 것도 아니야. 네가 사는 세계로 가기로 한 건 이미 스승님과 여휘 사이에 이야기가 끝났었는데, 곰곰이 생각해 보니까…… 가봤자 난 말이 안 통하잖아."

"그래서?"

"여휘가 시키는 대로 했지 뭐."

악령 토벌.

"크게 힘든 일은 아니었지만 귀찮은 일이었어."

"뭐하러 그렇게까지 해? 와서 그냥 배우면 되잖아."

백현이 혀를 차며 말하자, 사라는 아랫입술을 꽉 깨물고 백현을 노려보았다. 그 시선이 워낙 살벌하여, 백현은 자신도 모르게 턱을 살짝 당겨 붙였다.

사라로서는 분노를 느끼는 것이 당연했다. 만나자마자 이야기를 나누고 싶어서 여휘가 시키는 일들을 마치고 한국어를 배워왔는데, 저런 정 없는 말을 할 줄이야!

“개새끼.”

사라가 내뱉었다.

“×발 새끼.”

그녀의 한국어 패치는 욕설조차 완벽했다.

9장
억장

치킨이 도착했다.

식탁 위에 치킨을 깔아두기 전에, 백현은 사라에게 갈아입을 옷을 가져다주었다. 그의 집에 당연히 여자가 입을 옷은 없었지만, 추리닝으로 입는 반팔과 반바지에 굳이 성별을 따질 필요는 없지 않은가.

사라가 드레스 룸에 들어가 옷을 갈아입는 동안, 백현은 식탁 위에 치킨을 깔아두었다.

반쯤 물을 버린 치킨 무와 뼈를 모아둘 봉투 그리고 비닐장갑. 자고로 치킨은 젓가락으로 집고서 깨작깨작 먹는 것보다는 호쾌하게 비닐장갑을 낀 손으로 잡고서 뜯어 먹는 것이 제맛인 법이다.

사라는 고작 티 한 장으로 갈아입는 것인데도 오래 걸렸다. 백현은 굳이 가서 재촉하지 않고, 식탁 앞 의자에 앉아 핸드폰을 들었다. 생각했던 대로 포털사이트의 실시간 검색어 1위에 백현의 이름이 올라가 있었다.

낯선 일은 아니었다. 두 달 전에 처음 강남의 중국어 학원에 나갔을 때도 검색어에 올라가고, 몇 개의 기사가 났었다.

"어휴."

당연하다면 당연한 일이었다. 그 사람 많은 강남역에서 그만한 소동을 벌였으니, 백현이 직접 벌인 소동이 아니었다고 해도 이슈가 되기에는 충분했다.

백현은 표정을 구기고서 기사를 훑어보았다. 사라의 얼굴에는 모자이크가 씌워져 있었지만, 백현의 얼굴은 그대로 나와 있었다.

인터넷 기사 대부분이 그렇지만, 기사 내용은 추측으로 점철된 찌라시 수준이었다. 기자들은 사라를 두고서 외국 혼혈이라고 하며 그녀의 국적이 러시아니 독일이니 떠들었고, 백현과의 관계를 두고서 헤어진 전 여자 친구일 것이라 떠들었다.

기사도 기사였지만, 댓글은 더 가관이었다. 헤어진 이유에 대해 제각각 상상의 나래를 펼쳐 써둔 소설들을 보고 있자니, 이것들을 죄다 모욕죄로 고소할 수 있지 않을까 싶었다.

-jsua123: 백현 씨 그런 사람 아닙니다. 임신이라니 말이 되는 소리를 하세요. 백현 씨 굉장히 예의 바르고 친절한 사람이에요. 알지도 못하면서 떠들지 마세요.

└백현임?

└네, 다음 백현.

└ㄹㅇ 티 남.

옹호하는 댓글 중 하나가 놀림거리가 되는 것을 보고 있자니 마음이 아팠다. 결국, 보다 못한 백현이 핸드폰을 내려놓았다.

그 타이밍에 드레스 룸에서 사라가 걸어 나왔다. 그녀도 키가 큰 편이긴 했지만, 체격 자체는 백현보다 작은 데다 옷 자체가 펑퍼짐해서 몸이 더 가냘파 보였다.

백현은 커다란 소매 아래로 나와 있는, 사라의 하얀 팔다리를 보았다.

"뭐, 뭘 봐?"

사라는 그것이 민망해서, 괜히 양팔을 등 뒤로 넘겼다. 그러자 결과적으로 가슴이 앞으로 툭 튀어나오게 되었다. 그녀의 육체적 나이는 열일곱이지만 가슴의 나이는 도저히 그래 보이지 않았다.

뒤늦게 그것을 깨달은 사라가 재빨리 뒤로 넘겼던 양손으로 가슴을 가렸다. 하지만 백현은 그녀의 가슴이나, 매끈한 팔

다리를 보고 성적인 생각은 조금도 하지 않고 있었다.

'재 피부도 탈까?'

사라의 스승인 유운려도 만만찮게 흰 피부였다. 무릎에 선크림이 있을 것 같진 않았다.

"이게 무슨 냄새야?"

치킨 냄새에 사라가 코를 킁킁거렸다. 백현은 말없이 비닐장갑을 빼서 사라에게 건네주었다. 물론 사라는 그것의 용도를 알지 못하고서 고개를 갸웃거렸다.

"이건 비닐장갑이라는 거야."

"……그래서?"

"손에 끼면 돼."

사라는 고개를 끄덕거리고서 받은 비닐장갑을 손에 꼈다. 그녀는 백현이 가리킨 대로 식탁의 앞에 앉았다.

식탁 위의 양념치킨과 프라이드치킨을 보고서, 그녀의 두 눈이 파르르 떨렸다. 백현은 느긋한 얼굴로 사라의 맞은편에 앉아 비닐장갑을 꼈다.

"손으로 잡고 먹으면 돼."

"머…… 먹으라고?"

"응."

꼴깍. 사라가 침을 삼키는 소리는 귀에 들릴 정도로 선명했다. 치킨이라고 해봐야 튀김옷을 입혀 기름에 튀긴 닭이라지만, '어떻게' 튀기느냐가 중요한 법이다.

게다가 사라가 살았던 세계에 저런 요리가 있었는지는 모르겠지만, 그녀의 세계는 거듭된 전쟁으로 멸망해 가고 있었다. 식량이 언제나 부족하던 그 세계에서, 사라가 이런 요리를 먹어 본 적이 있을 리가 없었다.

백현은 머뭇거리는 사라를 보다가 프라이드치킨의 닭 다리를 하나 잡아서 건네주었다.

사라는 조심스레 그것을 받아 한 입 베어 물고, 몸을 파르르 떨었다. 도원경에서도 유운려 덕에 다양한 음식을 먹어보긴 했지만, 유운려는 자극적인 음식을 그리 즐기지 않았다. 20년 동안 스승의 취향에 조련당한 사라에게 있어서, 짜고 느끼한 치킨은 입안에서 폭발을 일으키기 충분했다.

백현은 허겁지겁 닭 다리를 뜯는 사라를 보며 캔 맥주를 뜯었다.

'……성인인가?'

육체의 나이는 17살. 하지만 정신연령은 그의 두 배는 넘지 않았는가? 그럼 사라를 성인으로 보아야 하나? 애당초 이 세계에서 태어나지 않은 그녀를 이 세계의 법으로 판단해야 하나? 고민 끝에 백현은 치킨과 함께 딸려온 콜라를 선택했다.

"크아!"

사라는 콜라도 잘 마셨다. 두 마리를 시킨 것이 옳은 선택이었다. 순식간에 치킨 두 마리가 뼈만 남았고, 사라는 입가에 양념을 잔뜩 묻히고서 만족스러운 표정을 지었다.

백현은 티슈를 뽑아 사라의 입가를 닦아주었다.

"읏."

뒤늦게 사라가 흠칫 놀랐다. 그녀는 이성을 잃고 식사에 몰입한 자신의 추태를 깨닫고 얼굴을 붉혔다.

"앞으로 어쩔 거야?"

"몰라."

뒷일에 대한 생각이 있을 리가 없었다. 이 세계에서 그녀가 기댈 곳은 백현뿐이었다.

그 사실은 백현도 잘 알고 있었다.

"당분간은 여기서 지내야겠네."

백현은 맥주를 홀짝거리며 중얼거렸다.

그게 당연하다고 생각했다. 사라에게 집을 구해주는 것이야 돈만 있다면 어려운 일은 아니지만, 핸드폰이 뭔지도 모르는 그녀를 독립시키는 것은 솔직히 불안하기 짝이 없는 일이었다.

'아니, 애초에 얜 주민등록증도 없잖아.'

외국인은 외국인등록증이 필요한가? 백현은 현실을 자각하며 골이 지끈거리는 것을 느꼈다.

그는 이런 쪽의 일에 대해 아는 것이 전혀 없었다. 이런 경우에 도움을 바랄 수 있는 것은 역시 서민식이었다. 백현은 핸드폰을 힐긋 쳐다보았다.

실시간 검색어와 인터넷 기사에 난리가 났으니, 별사건이 없어도 그런 쪽을 항상 체크하는 서민식이라면 연락이 왔어도 진즉에 왔어야 한다. 하지만 아직까지 잠잠한 것을 보면, 아직 어비스에서 나오지 않은 모양이었다.

'열심이라니까.'

서민식의 레벨은 벌써 270이 넘어 있었다.

백현이 처음 서민식을 만났을 때의 레벨이 221이었는데, 고작 넉 달 만에 레벨을 50 가까이 올려 버린 것이다. 아무리 템페스트가 서민식을 예뻐한다고 해도, 그의 성장 속도는 일반적인 상식을 벗어나 있었다. 그리고 그만큼의 업적을 이루었다.

최근 두 달 동안 서민식은 어비스의 북쪽, 그 험난한 곳에서 단독으로 가장 많은 블라인드를 걷어낸 헌터였다. 관리국 또한 그 업적을 기려 서민식의 헌터 랭크를 플래티넘으로 조정하였다. 한국에서 플래티넘 랭크의 헌터는 서민식이 최초였다.

하지만 서민식의 별명은 '콩'이었다. 그의 인기는 여전히 하늘을 찔렀지만, 대중들은 박준환의 뒤를 이어 예비 사도가 된 정수아를 헌터로서는 서민식보다 높게 두었다.

당연히 서민식은 그것을 기분 좋게 받아들이지 않았다. 예나 지금이나 서민식은 자존심이 강한 놈이었다. 만날 때마다 서민식은 템페스트에 대해 투덜거렸지만, 백현은 그에게 굳이 템페스트에 대해 알게 된 것들을 알려주지는 않았다.

템페스트는 뭔가 위험했다. 그건 광기 어린 집착과 다를 것이 없었다. 그러면서도 아주 곁에 두려 하지 않는다. 아직까지도 서민식은 템페스트에게 사도로 선택되지 못했고, 신물을 하사받지도 못했다.

백현이 그런 생각을 하는 동안, 사라는 쭉 입을 벌리고 있었다. 대수롭지 않게 내뱉은 말은 그녀의 가슴과 머릿속에서 커다란 폭발을 일으켰고, 이제서야 그녀는 정신을 차릴 수 있었다.

"여……."

그리 오래 입을 벌리고 있었는데도 침이 떨어지지 않은 것이 기적이었다. 사라는 벌어진 입을 그대로 두고서 말을 더듬었다.

"여기서…… 지내라고……?"

머릿속에서 종이 울렸다.

그녀는 천천히 주변을 둘러보았다. 이, 처음 보는 형태의 '집'은 도원경에서 지냈던 저택과는 다르게 그리 크지 않았다. 물론 그건 사라의 기준이었다.

"당장은 침대가 없으니까, 일단은 내 방에서 자."

"네, 네 방에서……? 같이?"

"뭘 같이야? 난 소파에서 잘 거야."

백현은 당연하지 않냐는 얼굴로 대답했고, 사라는 꼴깍 침을 삼켰다.

'하긴, 그건 너무 진도가 빠르지.'

그녀는 무릎 위에 올린 손가락을 꼼질거리며 생각했다. 하지만 그렇다고 해도, 이 얼마나 파렴치한가? 앞으로 얼마 동안일지는 알 수 없었으나, 당분간은 저 녀석이 뒹굴며 잠을 잤던 침대에서 잠을 자야 한다. 그것은 어찌 보면 동침(同寢)이라 할 수 있지 않은가? 생각이 거기에 미치자, 사라는 가슴 안쪽이 간질거리는 것만 같은 기분을 느꼈다.

'잘 때…… 옷을 벗고 잘까? 입고 잘까?'

벗는다면 얼마나 벗을까. 윗옷만? 아니면 전부? 잠옷을 입나? 사라의 머릿속에 온갖 잡념이 떠돌았다. 그녀의 얼굴은 또다시 터질 듯 붉어져 있었으나, 사라는 자신의 망측한 생각에 푹 빠져 그조차도 느끼지 못하고 있었다.

날이 밝았다. 백현은 소파에서 눈을 떴다.

"뭐야?"

방 안에서 사라가 꼼질거리는 기척이 느껴졌다. 지금 일어난 것 같지는 않았고, 아마 밤잠을 설친 모양이었다. 낯선 세계, 거기에 남이 쓰던 침대에서 보내는 첫날 밤이니 이해하지 못할 것도 아니었다.

'그런데 이건 뭐란 말인가.'

현관문을 연 백현은 두 눈을 끔벅거렸다. 모자를 푹 눌러쓴 정수아가 슬며시 시선을 들어 백현을 쳐다보았다. 이렇게 얼굴을 보는 것은 꽤 오랜만이었다.

"……너 괜찮아?"

"네, 네?"

넌지시 묻는 말에 정수아가 화들짝 놀란 목소리를 냈다. 그녀는 급히 손을 들어 자신의 얼굴을 더듬었다. 밤을 꼬박 새운 덕인지 피부가 좀 푸석거리는 것 같았다.

물론 기분 탓이었다. 예비 사도가 된 그녀의 육체는 고작 하루 잠을 안 잤다고 하여 피로를 느낄 정도로 나약하지 않다. 단지 멘탈적 문제였다.

"괜찮아요, 네, 정말로요."

"어……. 여긴 무슨 일이야?"

정수아에게 예전에 집 주소를 알려준 적은 있었다. 오빠는 어디 살아요? 라고 메신저로 지나가는 식으로 묻기에 별생각 없이 알려줬었다. 그런데 이렇게 예고도 없이 찾아올 줄이야.

"아…… 네, 그게요……. 어…… 그, 죄, 죄송해요. 미리 얘기하고 왔어야 했는데, 그게, 어제는 시간도 너무 늦었고 지금은 아침이라서, 네, 오빠 자고 있을 것 같아서요. 괜히 깨우기 싫어서……."

[재생의 뱀이 당신을 한심하게 쳐다봅니다.]

정수아 본인도 자신이 횡설수설하고 있음을 느끼고 있었다. 하지만 좀처럼 마음이 정리가 안 되는 것을 어쩐단 말인가?

그녀는 괜스레 손을 쥐었다 폈다. 밤새 인터넷의 바다를 누비며, 팩트를 신경 쓰지 않고 오직 유희만을 추구하는 악플러들과 고투를 벌인 손끝이 욱신거렸다.

"어…… 그러니까, 네, 오빠는…… 괜찮아요?"

"뭐가?"

"어제, 어제 그거 있잖아요. 그러니까 그거."

"강남역?"

"네, 네!"

정수아는 환한 표정을 지으며 크게 고개를 끄덕거렸다.

"그거 걱정해서 우리 집까지 온 거야?"

"오빠도 기사 봤잖아요? 오빠, 제가 도와줄 테니까, 그 새끼들…… 아니, 죄송해요, 개들, 그냥 싸그리 다 고소해 버려요."

정수아의 눈에 불이 켜졌다. 밤새 모욕적인 말을 들은 것은 백현뿐만이 아니었다.

"뭘 고소까지 해? 그냥 내버려 두면 알아서 조용해질……."

"아니에요, 절대 안 돼요. 이런 건 확실하게 하고 가야 해요. 대한민국은 법치국가라고요. 국민에겐 인권이 있어요. 걔들은 오빠의 인권을 씹었다고요!"

정수아가 발끈해서 외쳤다.

"씹혔어?"

"아…… 어……. 그 정도는 아니지만, 어쨌든요. 오빠, 뭔가 오해가 있었던 거잖아요. 오해가 있었으면 풀어야죠! 저 아는 기자들도 있거든요? 오빠가 하겠다고 하면 제가 인터뷰도 얼마든지……."

정수아의 말이 뚝 끊어졌다.

"무슨 일이야?"

현관에서의 소란에, 백현의 방문이 벌컥 열렸다. 문을 열고 사라가 나오는 것을 본 정수아가 두 눈을 부릅떴다.

사라의 어깨너머로 방의 풍경이 보였는데, 커다란 침대의 이불은 엉망으로 흐트러져 있었다. 정수아는 자신의 시력이 좋은 것을 원망했다. 그리고 기억력이 좋은 것조차.

저 반팔 티와 반바지는, 백현이 예전에 화천 어비스에서 몬스터를 토벌했을 때에 입었던 옷이었다.

'나랑 처음 만났을 때!'

[재생의 뱀이 야릇한 미소를 짓습니다.]

정수아의 억장이 무너져 내렸다.

"……아……. 네."

솔직하게 말했다. 따지고 보면 숨길 일도 아니었고, 걱정해서 이른 아침에 찾아온 것이 고맙기도 했다.

도원경에서의 이야기를 들은 정수아는 굉장히 혼란스러운 표정이었다. 하지만 납득하지 못할 이야기는 아니었다. 오히려 이 정도의 사연이 없다면 납득이 힘들다.

언제나 의문이었다. 군주와 계약도 하지 않은 인간이 어떻게 저리도 강한가? 실례되는 질문 같아 굳이 묻지 않았을 뿐이지, 언제나 궁금했던 것은 사실이었다.

그건 굳이 정수아뿐만이 아니라, 전 세계의 사람들도 마찬가지일 것이다.

'20년…….'

긴 시간이다. 정수아는 맞은편에 앉아 있는 사라를 힐긋 쳐다보았다.

쳐다보고 있던 것은 사라도 마찬가지였다. 서로의 시선이 허공에서 부딪쳤다. 눈이 마주치자, 사라는 눈에 잔뜩 힘을 주고서 정수아를 쏘아보았다. 정수아는 사라가 저렇게 강렬한 시선을 보내는 이유를 알 수 없었다.

"그러니까…… 저분…… 은, 오빠를 따라서 한국에 왔다는 거죠?"

"응."

"지구…… 어…… 이 세계에서 태어난 것도 아니고요?"

"그렇지."

"하지만 한국어는 쓸 수 있고……."

"맞아."

"신분의 증명 수단도 없고?"

"그게 제일 문제야."

머리가 복잡해졌다.

백현의 옷을 입고서 그의 침실에서 나오는 것을 처음 보았을 때만 해도 억장이 무너지는 것만 같았다. 밤새 읽었던 댓글들의 내용이 머릿속에서 뒤섞이고, 그에 하나하나 반박했던 자신의 모습이 겹쳐지면서 쓰디쓴 배신감마저 느꼈었다.

그런데 사정을 알고 나니……. 뭘까 이 기분은? 어찌 보면 차라리 전 여자 친구인 편이 낫지 않은가?

도원경, 그곳이 대체 어떤 세계인지는 모르겠지만. 이야기를 듣자 하니 각자의 스승을 제외하고서는 그 넓은 세계에 단

둘만 있었다는 것인데.

20년! 그 긴 시간 동안 도대체 뭘 했을까. 그 정도면 사실상 부부라고 봐야 하지 않은가? 젊은 남녀가 20년 동안 함께 지냈으면 없던 감정이 생기고도 남을 시간 아닌가. 그 남은 시간 동안 둘이서 대체 뭘 했단 말인가?

물론 전부 오해였다. 감정은 무슨. 20년 동안 백현은 사라를 흠씬 두들겨 패기만 했지, 그녀를 이성으로서 여긴 적은 한 번도 없었다. 이성으로서 여겼다면 저 탐스러운 백금발을 손으로 칭칭 감아쥐고서, 저 예쁜 얼굴을 주먹으로 수백 수천 번 뭉개놓았겠는가?

"그럼……. 어…… 전 이만 가볼게요."

가슴 깊은 곳에서 패배감과 배신감을 느끼던 정수아가 의자를 뒤로 뺐다.

[재생의 뱀이 도망치지 말라 외칩니다.]

도망이라니.

'싸운 적도 없는 걸요…….'

"벌써 가?"

"네……. 제가 있으면 방해되잖아요."

"방해될 게 뭐 있어?"

"두 분…… 오랜만에 만나신 거잖아요. 제가 있으면 오랜만에 회포를 풀기에도 힘들 거고……."

"회포?"

"그래도 피임은 확실하게 해주셔야……."

그 말을 듣고서, 백현은 망치로 뒤통수를 한 대 얻어맞은 것 같은 기분을 느꼈다.

피임이라니? 얘가 지금 도대체 무슨 말을 하고 있는 거야? 어젯밤 보았던 인터넷 기사들이 머리를 스치고 지나갔다. 아무래도 심각한 오해를 하는 모양이었다.

"그런 거 아냐."

"아니긴……."

"진짜 아니야. 나는 얘랑 그런 사이 아니고, 그런 적 없어. 그럴 맘도 없고."

단칼에 내뱉는 말에 정수아의 표정이 바뀌었다. 사라의 표정도 마찬가지였다.

사라는 크게 뜬 눈으로 백현을 쳐다보았다. 하지만 백현은 정수아를 보느라 사라의 표정은 신경도 쓰지 않고 있었다.

"지…… 진짜요?"

"어."

[재생의 뱀이 환호합니다.]

정수아도 마음속으로 환호했다.

“제가 도와드릴 수 있을 것 같아요.”

당장 신분도 없고, 이 세계에 대한 상식도 부족한 탓에 당분간 이 집에서 함께 살기로 했다는 말을 듣고, 정수아는 무언가를 결심한 표정을 하고서 그렇게 내뱉었다. 그러고서는 한참이나 거실 소파를 차지하고 앉아 핸드폰을 만지작거렸다.

해야 한다. 양손이 부딪쳐야 박수 소리가 나는 법이다. 하지만, 한 손이 아무리 치기 싫다고 빼대도 다른 한 손이 억지로 들이밀다 보면 ‘짝’ 하고 합이 맞아 경쾌한 소리는 아니어도, 작은 소리는 날 수밖에 없다.

여자로서의 직감. 정수아는 사라의 표정과, 자신을 쳐다보는 시선을 떠올렸다. 드라마나 영화에서나 볼 법한 시선. 그건 연적(戀敵)을 노려보는 시선이 틀림없었다.

‘열 번 찍어서 안 넘어가는 나무는 없어.’

백현이 아무리 철벽을 쳐봤자, 우직하게 들이민다면 언젠가는 찍혀 넘어갈 것이 틀림없었다. 이미 관계가 형성되었다면 싸울 수도 없겠지만, 아직 관계가 형성되지 않았다면 찬스는 있었다. 우선 그녀에게 신분을 만들어주는 것이 우선이었다. 그래야 이 집에서 나오게 할 테니까.

사라는 이 세상에 존재하지 않던 사람이다. 그런 사람에게 신분을 주는 것은 당연히 불법이다. 그래도 해야만 했다.

"……오빠."

정수아가 소파에서 몸을 일으켰다.

"지금 같이 나갈 수 있어요?"

어차피 오늘은 외출할 예정도 없었기에 백현은 가볍게 고개를 끄덕였다.

백현의 고갯짓을 본 정수아는 고개를 돌려 드레스 룸에서 옷을 갈아입고 나온 사라를 쳐다보았다. 맞는 옷이 없었기 때문에 이번에도 결국 추리닝이었는데, 그 긴팔 저지가 쓸데없이 잘 어울렸다. 꽤 큰 옷인데도 불룩 튀어나온 가슴이 정수아로서 패배감을 느끼게 만들었다.

정수아는 다시 고개를 돌려 백현 쪽을 바라보며 물었다.

"오빠는 차 안 사요?"

"뛰어다니는 게 더 빠른데 왜 사?"

하지만 아무리 백현이어도 두명을 데리고 뛰어서 갈 수는 없었기에 셋은 아파트 지하주차장으로 이동했다.

정수아가 새카맣게 번들거리는 벤츠 G63에 올라타자, 백현은 그 각지고 커다란 덩치의 차와, 운전석에 앉아 선글라스를

끼는 정수아를 바라보았다.

"안 타요?"

창문을 내린 정수아가 창틀에 팔을 걸치며 물었다. 백현의 등 뒤에 선 사라는 혼란스러운 눈으로 차를 쳐다보았다.

"저게 뭐야?"

"일단 타."

백문이 불여일견이다.

"움직여!"

사라가 비명을 질렀다.

"난 가만히 있는데 움직이고 있어! 이게 뭐야?"

"자동차."

백현은 사라가 호들갑 떠는 것을 들으며 시큰둥하게 말했다. 정수아는 쓸데없이 과감한 핸들링으로 지하주차장과 아파트 단지를 빠져나갔다.

"지금 어디 가는 거야?"

"서초구요."

"거기는 왜?"

-좌회전입니다.

내비게이션의 알림에 따라 핸들을 돌릴 때마다 사라가 탄성을 터뜨렸다. 정수아는 긴 한숨을 내쉬었다.

"……저희 집이 거기라서요."

서초구의 고급 아파트. 널따란 거실에 정철우와 전태수가 두 눈을 끔벅거리고 앉아 있었다. 같은 대학을 나오고 짧은 헌터 생활을 한 그들은 함께 늙어가는 중년이었고, 둘의 몇 안 되는 취미는 휴일에 서로의 집에 모여 TV 게임이나 하는 것이었다.

"참…… 갑작스럽구나."

이른 아침부터 나간 딸은 혼자 돌아오지 않았다.

"처음 뵙겠습니다."

백현은 정철우를 향해 꾸벅 머리를 숙였다. 관리국장인 전태수는 이전에 서민식과 함께 만나본 적이 있었지만, 정철우와는 초면이었다.

정철우는 엉거주춤한 자세로 소파에서 일어서서 마주 고개를 숙였다.

"아, 예……. 그…… 실제로 보는 건 처음이네요. 수아랑 태수한테 이야기는 몇 번 들었는데……."

정철우는 이 갑작스러운 상황을 이해하지 못하고 딸을 힐긋거리며 쳐다보았다. 언질조차 하지 않고 찾아온 딸은 무언가를 단단히 결심한 표정이었다.

"어제 강남역 그 아가씨…… 맞죠?"

사라를 물끄러미 쳐다보던 전태수가 입을 열었다. 그 말에 정수아가 헛기침을 내뱉었다.

"그것 때문에 온 거예요."

"무슨 상황인지 잘 모르겠구나. 어제 일로 우리를 찾아올 이유가 있나? 해명은 기자한테 해야지……."

"아뇨, 해명 때문에 온 게 아니라요."

정수아는 그렇게 말하면서 백현을 힐긋 쳐다보았다. 이곳에 오는 동안 이야기는 미리 맞춰두었다.

백현은 대수롭지 않다는 표정을 지으며 사라의 손목을 잡았다. 그걸 본 정수아의 두 눈에는 불꽃이 튀었고 사라의 심장은 쿵쾅거렸다.

"얘가 좀 특이하거든요."

"예?"

"그러니까, 얘가 말이에요. 지구에서 태어난 게 아니라 다른 세상에서 왔어요."

다 같이 낮술이라도 마셨나.

두 중년은 동시에 그런 생각을 했지만, 백현의 표정이 워낙 진지해 차마 그 말을 입 밖으로 뱉지는 못했다.

백현은 차근차근 도원경과 사라가 이곳에 오게 된 이유에 대해서 설명했다. 그러다 보니 백현 자신 또한 도원경에서 있었음에 대해서도 말해야만 했지만, 백현은 그것에 대해서는 크게 신경을 쓰지 않았다.

정철우와 전태수. 저 둘은 사이좋게 하이로드와 계약한 전직 헌터다. 그렇다면 이 대화 역시 하이로드의 귀에 들어갈 가능성도 충분히 있었다.

하지만, 도원경에 관한 것은 딱히 대단한 비밀이랄 것까지도 없었다. 알아서 뭐 어쩔 건가? 가고 싶다고 해서 갈 수 있는 곳도 아니거니와, 간다 해서 뭘 할 수 있단 말인가? 저들과 연결된 하이로드가 도원경에 대해 알게 된다 한들 그 정보는 아무런 위협도 되지 않는다.

"……허."

이야기가 끝나고, 전태수가 손으로 이마를 짚었다.

"……원하는 게 뭡니까?"

거짓말이란 생각은 들지 않았다. 오히려 충분히 납득되었다. 백현이 지닌 말도 안 되는 능력들. 정말 도원경이란 곳에 다녀오지 않고서야 지닐 수 없는 능력들 아닌가.

"신분도 있어야 하고, 헌터 등록도 해야 해요."

대답한 것은 정수아였다.

그녀의 목적은 어떻게든 빨리 사라를 백현에게서 독립시키는 것이다. 이 세계의 상식이야 시간이 지난다면 쌓일 것이고, 그 뒤의 문제는 역시 돈이다. 그것에는 역시 어비스로 보내 버리는 것이 가장 쉽고 빠르다.

사라가 얼마나 강한지는 알 수 없었지만, 도원경에서 20년 동안이나 백현처럼 무공을 수행했다면. 백현만큼은 아니어도 강하긴 할 것 아닌가? 능력만 된다면 헌터만큼 돈 벌기 쉬운 직업도 없다.

[재생의 뱀이 당신의 계획을 응원합니다.]

'동거녀와 싸우는 것은 너무 불공평하잖아요.'

[재생의 뱀이 동거의 밤을 상상하며 웃습니다.]

정수아는 그다지 상상하고 싶지 않았다.

"그…… 좀, 볼 수 있을까요?"

"뭘요?"

"무공…… 이름이 뭐였죠?"

"백설염화천무."

"네, 네…… 그거요."

정철우는 위장이 쿡쿡 쑤시는 것을 느끼면서 요구했다. 사라는 뚱한 얼굴로 앞으로 나서서 양손을 들어 올렸다.

화악!

왼손에 새빨간 화기(火氣)가 모였고, 오른손에는 새하얀 한기(寒氣)가 모였다. 눈속임 따위가 아니었다. 정철우와 전태수는 꿀

꺽 침을 삼키며 사라의 손에 모인 상반된 기를 바라보았다.

"……잠시, 생각할 시간을 좀."

둘은 그렇게 말하고서 베란다로 나갔다. 말로만 뱉던 금연이 또 깨어진 순간이었다.

"한국 신분으로 바꾸면 이름도 개명해야 하는 것 아냐?"

"개명? 내 이름을 바꿔야 한다는 거야?"

"그래야지. 사라 프로스트는 한국 이름이 아니잖아."

"그럼 어떻게 바꿔?"

"김사라는 어때?"

"김이 뭔데?"

백현은 가장 흔한 성씨를 붙여주었고, 사라는 고개를 갸웃거렸다.

"그럼, 만약 내가 개명을 하면. 앞으로는 김사라가 되는 거지?"

"그렇지."

"김이 '성'인 거고."

"맞아."

"만약, 만약에 말이야. 내가…… 백씨 성을 가진 사람이랑 결혼하면, 나는 백사라가 되는 거야?"

"안 그래요. 그냥 김사라예요. 그리고 백씨 성을 가진 사람은 그렇게 흔하지 않아요."

듣다 못한 정수아가 냉큼 대답했다. 그러자 사라가 홱 고개를 돌려 정수아를 노려보았다.

"너한테 안 물어봤어."

"나한테도 들려서 대답한 거예요."

"왜 묻지도 않은 걸 나서서 대답하는 거야?"

"누구나 할 수 있는 대답이니까요. 그리고 왜 자꾸 반말이에요?"

"내가 너보다 나이 많잖아."

"몸 나이는 17살이라면서요."

"그보다 훨씬 오랜 시간 도원경에서 지냈거든?"

"정신연령은 그만큼 성숙하지 않은 것 같은데요."

"너희 왜 싸우는 거야?"

듣다 못한 백현이 끼어들었다.

"쟤가 시비 걸었어!"

"싸우는 거 아니에요. 오빠. 그냥 말하는 거예요. 그리고 이게 무슨 시비예요?"

"싸우는 거 맞는 거 같은데."

"아니에요, 안 싸워요."

"나 17살 아냐."

"그럼 37살이에요? 아니, 그보다 더 늙었나? 좋겠네요. 나이 많아서."

정수아의 이죽거림에 사라의 어깨가 바르르 떨렸다.

"나이 바꿀 거야."

"몇 살로?"

"……너랑 동갑으로 바꿀래."

"너 나보다 어리잖아."

백현은 어이가 없다는 표정을 지으며 말했다. 그러고 보면, 사라는 도원경에서부터 단 한 번도 백현을 오빠라 부른 적이 없었다.

"왜 오빠라고 안 하는 거예요?"

"백현은 백현이니까."

"로마에 오면 로마법을 따르라는 말이 있어요. 한국에선 나이 많은 남자를 오빠라고 부른……."

거기까지 말하고서, 정수아는 사라가 백현을 '오빠'라고 부르는 것을 상상해 보았다. 그러자 굉장히 복잡한 감정이 느껴졌다. 뭔가 자기만의 애칭을 빼앗긴 기분이었다.

"아니에요. 그냥 당신 마음대로 해요."

그러는 동안 전태수와 정철우가 베란다에서 돌아왔다. 진한 담배 냄새에 정수아는 정철우를 노려보았고, 정철우는 찔끔하여 딸의 시선을 피했다.

"알겠습니다."

전태수가 한결 편한 얼굴로 대답했다.

결과만 보자면 나쁜 일은 아니었다. 매달 말일 어비스에서 출현하는 몬스터는 계속해서 강해지고 있다. 그만큼 헌터들도 성장하고 있다지만, 헌터 약소국인 한국으로서는 백현과 같은 미지의 힘을 가진 존재를 자국의 헌터로 삼는 것은 쌍수를 들고 환영할 만한 일이었다.

"인종이 문제인데……."

사라의 이목구비는 절대로 동양인이라 할 수는 없었다. 머리 색이야 염색했다 할 수는 있겠지만. 저 빨간 눈은 어쩔 텐가?

"저거 렌즈입니까?"

전태수는 사라의 붉은 눈을 가리키며 물었다.

"렌즈가 뭐야?"

"네 눈에 뭐 넣었냐고."

"넣긴 뭘 넣어?"

"원래 빨간색이지?"

"당연히 원래 빨간색이지."

"바꿀 수는 없어?"

"눈 색깔을 어떻게 바꿔?"

너 바보야? 사라가 눈썹을 찡그리며 물었고, 백현은 보란 듯이 파천신화공을 운용했다. 극성으로 운용함에 따라 백현의 두 눈이 핏빛으로 물들었다.

그것을 보며 사라가 헉하고 숨을 삼켰다.

'섹시해.'

"넌 이런 거 못 해?"

"……난 못 해."

못 한다니 어쩔 수 없었다.

"뭐…… 알비노라는 것도 있으니까요. 인종은 혼혈로 해야죠, 어쩔 수 없어요. 일단 알겠습니다. 며칠 시간이 필요하겠지만, 위조 신분…… 예, 준비해 보죠. 끝나는 대로 연락을 드리겠습니다. 그 뒤에는 화천 어비스에서 헌터 등록을 해주시고요. 그리고."

전태수가 백현을 쳐다보았다.

"백현 씨. 당분간은 백현 씨가 꼭, 사라 양을 책임져 주셔야 합니다."

"그래야죠."

백현은 고개를 끄덕거렸다.

'책임이라니.'

정수아의 입꼬리가 축 처졌다.

당연한 말이라는 것은 알아도, 위장이 쿡쿡 쑤셨다.

To Be Continued